Les exploits de Fantômette

RETROUVEZ Fantômette DANS LA BIBLIOTHÈQUE ROSE

Fantômette au carnaval
Fantômette et la télévision
Fantômette et le château mystérieux
Fantômette et son prince
Les sept Fantômettes
Fantômette et la lampe merveilleuse
Fantômette contre Fantômette
Fantômette s'envole
Fantastique Fantômette
Fantômette brise la glace
Les exploits de Fantômette
Fantômette et le trésor du pharaon
Fantômette chez le roi
Fantômette et le dragon d'or
Mission impossible pour Fantômette
Fantômette fait tout sauter
Fantômette contre la Main Jaune
Fantômette à la Mer de Sable
Fantômette viendra ce soir
Fantômette et la grosse bête
Fantômette et le brigand
Fantômette et la maison hantée
Fantômette et le mystère de la tour
Le retour de Fantômette

Georges Chaulet

Les exploits de Fantômette

Illustrations
Patrice Killoffer

HACHETTE
Jeunesse

Françoise

Sérieuse et travailleuse, Françoise est une élève modèle qui se passionne pour les intrigues. Vive, pleine de bon sens et intrépide, n'aurait-elle pas toutes les qualités d'une parfaite justicière ?

Boulotte

Gourmande avant tout, elle se moque pas mal du danger... tant qu'il y a à manger !

Mlle Bigoudi

Si elle apprécie Françoise, l'institutrice s'arrache souvent les cheveux avec Ficelle et lui administr bon nombre de punitions.
Que penserait-elle si elle était au courant de aventures des trois amies !?

Ficelle

Excentrique, Ficelle collectionne toutes sortes de choses bizarres. Malgré ses gaffes et son étourderie légendaire, elle est persuadée qu'elle arrivera un jour à arrêter les méchants et à voler la vedette à Fantômette…

Œil de Lynx

Reporter, il suit de près les méfaits des bandits. Il est le seul à connaître la véritable identité de Fantômette et n'hésite pas, à l'occasion, à lui filer un petit coup de main !

Hachette Livre, 43, quai de Grenelle, 75015 Paris

chapitre 1

La classe de Mlle Bigoudi

— Et le traité d'Aix-la-Chapelle, signé par Louis XIV en 1668, mit fin à la guerre de Dévolution... Mademoiselle Ficelle, voulez-vous me répéter ce que je viens de dire ?

Silence.

— Mademoiselle Ficelle !

La grande fille sursaute. Elle tourne les yeux vers l'institutrice, Mlle Bigoudi, et se lève lentement, dépliant son corps avec l'air confus de quelqu'un pris en faute. L'institutrice hausse de nouveau la voix :

— Mademoiselle Ficelle, voulez-vous répéter ce que je viens de dire ?

Un terrible silence règne sur la salle de classe. Il n'y a pas de mouche dans l'air, et c'est bien dommage, car on pourrait l'entendre voler. La maîtresse fronce les sourcils et déclare :

— J'écoute ! De quoi suis-je en train de parler ?

La grande Ficelle tortille son tablier en marmottant des mots indistincts.

— Comment ? Je n'entends pas !

Il faut absolument trouver quelque chose, sans quoi la punition va tomber.

— Vous parliez... heu... heu... des Alpes.

— Pardon ?

Un immense éclat de rire secoue la classe, tandis que Mlle Bigoudi demande, indignée :

— Vous croyez-vous donc en classe de géographie ? Je vous signale que le cours de géographie a eu lieu ce matin. Nous sommes actuellement en train d'étudier l'histoire de France. Alors, voulez-vous me répéter ce que j'ai dit ? Qui a signé le traité d'Aix-la-Chapelle ?

À tout hasard, Ficelle lance un nom :

— Heu... Henri IV...

Nouvelle explosion de joie. L'institutrice frappe le bureau d'un coup de règle pour obtenir le silence et s'adresse à la jeune étourdie :

— Je constate avec regret que, malgré des avertissements multiples, vous venez en classe uniquement pour rêver. Le seul moyen de vous faire apprendre quelque chose est de vous faire copier et recopier toutes vos leçons. Il est heureux que vos camarades ne soient pas aussi étourdies que vous, sans quoi nous en serions encore à la leçon sur les Gaulois !... Vous me copierez donc trois fois la leçon de votre livre et me présenterez ce travail au prochain cours d'histoire, vendredi matin. Et tâchez que ce soit une leçon d'histoire, et non de géographie ou de calcul. Asseyez-vous... Je disais donc que Louis XIV, après la signature du traité d'Aix-la-Chapelle...

La voisine de Ficelle, une jeune personne brune aux yeux pétillants, se penche vers elle et murmure :

— Ma pauvre vieille, tu vas avoir une soirée bien occupée ! Une leçon à copier trois fois !

— Mais, ma petite Françoise, tu ne t'imagines pas que je vais la copier trois fois ? Oh là là ! Elle me croit bien naïve, Mlle Bigoudi ! Je vais me servir de la photocopieuse qui est à la poste. Comme ça, j'aurai trois exemplaires en n'écrivant qu'une seule fois !

La classe se poursuit dans le calme. Les têtes se penchent sur les tables, les stylos à plume parcourent le papier avec plus ou moins de bonheur, tantôt glissant, tantôt accrochant la surface...

Dehors, le temps est magnifique. Le ciel est d'un bleu bien propre et les rares nuages ont une blancheur et un éclat de lessive. Les élèves de Mlle Bigoudi sentent des fourmillements dans les jambes, tant est grande leur envie d'abandonner Louis XIV, sa perruque et ses guerres pour aller gambader dans la nature, regarder voler les oiseaux ou se promener le long des rives de l'Ondine. Mais la discipline imposée par l'institutrice ne laisse guère de loisir aux rêveuses, et les jeunes cervelles se voient contraintes d'absorber à dose massive les exploits du Roi-Soleil. Cependant, au bout d'un moment, il semble que le débit oral de Mlle Bigoudi se ralentisse. Elle baisse légèrement le ton, articule les mots avec plus de lenteur et finalement s'arrête complètement. Elle se lève, contourne son bureau, descend de l'estrade et s'avance dans l'allée en marchant sur la pointe des pieds. Elle jette son dévolu sur une élève rondelette qui, penchée sur son pupitre, paraît dormir. En fait, elle ne dort pas. Si son nez touche presque la table, c'est parce qu'elle est occupée à sentir l'odeur émanant de petits grains ronds et noirs posés sur son cahier. La maîtresse demande soudain :

— Mademoiselle Boulotte, qu'êtes-vous en train de renifler ?

Surprise, l'interpellée relève brusquement la tête.

— C'est... heu... des grains de genièvre... C'est une épice...

— Je le sais bien, que c'est une épice, mais pourquoi avez-vous apporté cela en classe ?

La fille rondelette semble mal à l'aise. Elle bredouille :

— Je... j'aime bien faire la cuisine... alors, c'est pour assaisonner la choucroute.

Une fois de plus, l'hilarité s'empare de la classe. L'institutrice glane les grains noirs sur lesquels son poing se serre et retourne à son bureau dans le tiroir duquel elle les enferme. Puis elle rappelle :

— Mesdemoiselles, je vous ai déjà signalé qu'il est interdit d'apporter en classe des objets étrangers à vos cours.

Mais quelques entêtées bravaient chaque jour l'interdiction, et Mlle Bigoudi confisquait impitoyablement un petit matériel avec lequel on aurait pu aisément constituer un bazar. C'est ainsi qu'elle avait saisi successivement une trompette en bois, un yoyo rouge et vert, diverses balles et cordes à sauter, un puzzle en matière plastique représentant Robin des Bois, un ouvre-boîtes (apporté par Boulotte), divers paquets de chewing-gum gonflable, un kaléidoscope (voir ce mot dans le dictionnaire), un ourson en peluche, une petite tour Eiffel en aluminium, et même un chien vivant (complet et parfaitement constitué), répondant au nom de Bobby, qui donna lieu à une effarante poursuite à travers la classe.

L'institutrice, qui ne connaît que trop bien la manie qu'a Boulotte d'apporter en classe des produits alimentaires, se résigne à lui infliger une punition de circonstance :

— Vous me copierez le verbe « Ne pas apporter de genièvre en classe », à tous les temps et à tous les modes. Vous me présenterez cela demain matin.

La cuisinière prend un air grognon. Sa voisine de banc, Isabelle Potasse, lui chuchote :

— Tu vas t'amuser, hein ? « Je n'apporterai pas de genièvre en classe, tu n'apporteras pas de genièvre en classe... »

— Bah, dit Boulotte, copier un verbe, ce n'est rien. Seulement elle m'a pris mes grains, et maintenant avec quoi je vais assaisonner ma choucroute ?

— Tu prépareras un autre plat. D'ailleurs, ce n'est pas la saison de la choucroute. Nous sommes en été.

— Oui, mais j'avais envie de manger de la choucroute, moi ! C'est une recette que j'ai retrouvée dans un numéro de *Votre Cuisine* qui date de cet hiver. On prend un kilo de choucroute que l'on met dans une marmite en fonte, avec un morceau de lard, une tranche de jambon fumé, des couennes, quatre ou cinq saucisses de Francfort...

La recette est interrompue par une sonnerie qui annonce la récréation. Les élèves évacuent joyeusement la classe et s'élancent dans la cour avec l'impétuosité d'une horde de Huns à l'assaut d'un village gaulois ! Paltoquet, le chat de la concierge, détale devant cette marée juvénile et va se réfugier sur le haut d'un mur. L'air s'emplit de cris, de piaillements et de balles. Le sol en ciment tressaille sous le martèlement de galopades frénétiques. Des cordes à sauter s'arrondissent dans l'espace. En quelques secondes, la cour prend l'aspect d'une arène en pleine corrida.

Cependant, un petit groupe semble se tenir à l'écart de cette agitation. La grande Ficelle, Françoise et Boulotte se sont réunies autour d'Isabelle Potasse, qui tient devant elle un journal grand ouvert. Isabelle, la nièce du professeur Potasse – un célèbre physicien –, met un point d'honneur à être au courant de tout. Elle écoute avec dévotion les bulletins d'information et lit le journal depuis le titre jusqu'au nom de l'imprimerie. Elle a présentement une nouvelle de choix à communiquer.

— Regardez un peu ce qui s'est passé cette nuit : l'assassin de la rue des Noctambules a été arrêté ! Et grâce à qui ? Grâce à Fantômette !

— Non ? Fais voir !

Le journal circule de main en main. La lecture est ponctuée d'exclamations et de commentaires.

— Incroyable ! s'écrie la grande Ficelle,

c'est le troisième bandit qu'elle fait arrêter en moins de deux mois !

— Oui, approuve Isabelle, c'est une fille extraordinaire. Écoutez ça :

ARRESTATION DU TUEUR DES NOCTAMBULES. Le bandit qui avait assassiné deux vieilles dames pour voler leurs économies et qui était vainement recherché par la police a été découvert ce matin sur le quai de l'Ondine, près du pont Bidule. Il était attaché et bâillonné. Son arrestation s'est produite à la suite d'un coup de téléphone reçu au commissariat de Framboisy. Le commissaire Malabar qui a pris la communication a déclaré qu'il a entendu une voix jeune et féminine lui signaler qu'un colis dangereux l'attendait sur le quai. Comme il demandait son identité à son interlocutrice, celle-ci lui répondit simplement : « Fantômette ».

Fantômette ! La mystérieuse justicière que seules ses victimes avaient pu voir, et qu'elles décrivaient comme « une jeune fille masquée, avec une cape noire fermée par une agrafe d'or en forme de F ». On ne savait pas grand-chose de cette aventurière, sinon qu'elle semblait opérer généralement la nuit et sans aucune aide. Elle s'était signalée pour la première fois trois mois plus tôt. À la suite d'un appel lancé depuis une cabine téléphonique publique, Police Secours avait découvert dans ladite cabine un homme assommé et proprement ligoté. Il portait, épinglée au revers de son veston, une carte de visite marquée d'un nom : FANTÔMETTE. Il avoua être l'auteur d'une série de cambriolages. Une semaine après, on trouvait, enfermé dans une cave, l'escroc Godillot qui avait soutiré l'argent de nombreuses victimes en se faisant passer pour un démarcheur à domicile. Deux mois plus tard, un jeudi après-midi, un gang tentait un audacieux hold-up contre la banque du Crédit central de Framboisy. Tenant le caissier et le personnel sous la menace d'une mitraillette, les bandits remplirent rapidement un sac de liasses de billets et prirent la fuite dans une voiture. Comme ils allaient tourner en trombe le coin de la rue à cette heure déserte, une bouteille d'huile lancée d'on ne sait où vint atterrir devant les pneus de l'auto qui dérapa, fit un tête-à-queue et s'écrasa contre un réverbère. Les employés de la banque accoururent et retirèrent les bandits de l'auto. Ils étaient en piteux état. On aperçut alors un nom tracé à la craie sur le capot de la voiture : FANTÔMETTE.

Et voilà que l'étrange justicière se manifestait de nouveau.

— C'est incroyable, dit Boulotte en reniflant une gousse de vanille, elle capture les criminels et les sert sur un plat à la police !

— Si ça continue, observe Isabelle, les gendarmes n'auront plus qu'à se croiser les bras et à attendre que les voleurs leur tombent du ciel tout cuits !

— Moi, dit Ficelle, je voudrais bien être à la place de Fantômette. Ça doit être drôlement amusant de se battre contre des bandits !

Isabelle hausse les épaules.

— Il faudrait que tu aies un peu plus de cervelle pour faire ce genre de travail.

La grande Ficelle se hérisse.

— Pas de cervelle, moi ? Tiens, j'en ai encore plus que Françoise. Et pourtant, elle est première partout !

Isabelle hausse de nouveau les épaules.

— Elle est première, mais uniquement

parce qu'elle a de la mémoire. Ce n'est pas une question d'intelligence. Tandis que Fantômette, oui ! Ça, c'est une fille intelligente ! Je collectionne toutes les coupures de journaux qui parlent d'elle. J'en ai tout un tas à la maison. Je vous les apporterai. Ou plutôt, non. Venez goûter chez moi, tout à l'heure, je vous les ferai voir.

— Après la classe ?

— Oui. En même temps, vous ferez la connaissance de mon oncle.

— L'astronome ? demande la grande Ficelle.

— Il n'est pas astronome, il est physicien.

— Ah, oui ! Bon alors, on va chez toi après la classe de français ?

— Mais non ! On a un cours de géométrie, maintenant. Pas de français.

— Hein ?

Ficelle regarde ses camarades avec de grands yeux.

— On a de la géométrie, maintenant ? Vous êtes sûres ?

— Mais oui !

— Houlà ! J'ai oublié de faire mon problème ! Je croyais que c'était pour demain !...

— Bah, dit Isabelle, tu t'en tireras avec un zéro.

La grande Ficelle frémit d'angoisse. Elle se tourne vers Françoise et demande d'une voix implorante :

— Dis, tu me passeras ton cahier ? Je recopierai le problème en vitesse en changeant un peu le texte.

Françoise s'esclaffe :

— Et si ma solution est fausse ?

— Oh ! pour ça je suis tranquille ! Tu ne récoltes que des A+ ! Alors, tu me passeras ton cahier ?

Françoise sort d'une petite poche un peigne rose et un miroir rond et entreprend de mettre de l'ordre dans ses boucles noires. La grande Ficelle insiste :

— Dis, tu me passeras ton cahier ? Dis, hein, dis ?

— On verra. Si tu es sage.

— Mais si on me met en retenue, je n'aurai pas le temps d'aller goûter chez Isabelle. Il faut déjà que je copie trois fois la leçon de sciences naturelles.

— Ce n'est pas une leçon de sciences nat'

que tu dois copier trois fois, c'est une leçon d'histoire.

— Ah, oui ! c'est vrai. Alors, tu me passes ton cahier, dis ?

Mais Françoise n'a pas le temps de répondre : la sonnerie marquant la fin de la récréation vient de retentir. Les jeunes filles cessent de courir ou de jacasser, se mettent en rang et réintègrent la classe. Lorsqu'elles ont occupé leurs places respectives, Mlle Bigoudi annonce :

— Mesdemoiselles, nous avons aujourd'hui une leçon de géométrie très importante, et je n'aurai pas le temps de voir vos cahiers...

La grande Ficelle pousse un immense soupir de soulagement.

— Mais je vais tout de même interroger l'une d'entre vous qui va venir exposer la solution du problème que je vous ai donné à résoudre.

Une nouvelle angoisse s'empare de Ficelle. L'institutrice prend son carnet, consulte la liste des noms. Les élèves retiennent leur souffle.

— Voyons, mademoiselle... mademoiselle... Françoise Dupont, voulez-vous venir au tableau ?

Ficelle fait « Ouf ! » et respire profondément. Sa voisine se lève et s'avance d'un pas assuré. Elle monte sur l'estrade, s'empare de la craie et commence sa démonstration.

— Soit un cercle de centre O et de rayon R...

Mlle Bigoudi la laisse parler, approuvant de temps en temps d'un hochement de tête. Le tableau se trouve rapidement bourré de lignes droites ou courbes, de lettres et de chiffres.

— ... Le polygone GHIJ est donc un trapèze, ce qu'il fallait démontrer.

— C'est parfait, vous pouvez regagner votre place.

La maîtresse prend son carnet, marque un A+ en face de Françoise, puis saisit à son tour le morceau de craie et entame la nouvelle leçon.

— Soit un triangle ABC...

Ficelle fouille dans son pupitre, puis dans son cartable.

— Que cherches-tu ? demande Françoise à mi-voix.

— Mon cahier de géométrie... Je crois que

je l'ai oublié à la maison... Tant pis, je vais copier la leçon sur mon cahier de textes... Ah ! Il est resté à la maison lui aussi... Bon, eh bien, je vais prendre le cahier de français.

Elle ouvre le cahier, saisit un stylo à plume et commence à gratter le papier.

— C'est curieux... ça n'écrit pas...

— Tu as sûrement oublié de changer la cartouche d'encre...

— Tiens, c'est vrai...

Tandis que la grande fille répare son étourderie, une scène bizarre se déroule trois rangs derrière. La grosse Boulotte, peu sensible aux beautés de la géométrie plane, se livre à une occupation passionnante. Elle a entrouvert le couvercle de son pupitre sous lequel elle glisse la main de temps en temps, après l'avoir plongée dans une poche de son tablier. Sa voisine Isabelle chuchote :

— Qu'est-ce que tu es en train de faire ? Qu'est-ce qu'il y a là-dessous ?

— C'est rien. C'est Mimosa.

— Mimosa ?

— Oui. Je suis en train de lui donner des raisins secs. Elle adore ça.

— Qui c'est Mimosa ?

Boulotte soulève à demi le pupitre. Isabelle se penche, jette un coup d'œil et pousse un cri. Mlle Bigoudi se retourne brusquement.

— Qui a crié ?

Tous les regards convergent vers Isabelle.

— Est-ce vous, mademoiselle Potasse ?

— Heu... heu...

— Est-ce vous ?

— Heu... oui, mademoiselle.

— Et pourquoi avez-vous crié ?

La jeune fille se tortille sur son banc, cherchant en vain une explication. Un éclair traverse l'esprit de Boulotte. Elle vient au secours de son amie :

— C'est parce qu'elle s'est mordu la langue.

Mlle Bigoudi se tourne vers la joufflue.

— Vous ai-je demandé quelque chose ?

Boulotte baisse les yeux modestement. La maîtresse prend un ton sévère.

— Tâchez de ne plus troubler la classe, ni l'une ni l'autre, sans quoi vous pourriez bien passer votre mercredi en retenue !

Cette terrible menace calme les deux amies, et la leçon de géométrie peut se poursuivre sans interruption. Mlle Bigoudi démontre brillamment que deux triangles sont semblables quand leurs angles sont égaux. Cette démonstration s'achève comme la sonnerie annonce la fin des cours. Boulotte glisse prestement la main dans son pupitre et en retire Mimosa qu'elle fourre dans sa poche. Accompagnée d'Isabelle, elle rejoint Françoise et la grande Ficelle qui viennent de sortir. Les quatre amies quittent l'école et prennent la direction de la maison où vit le professeur Potasse. Elles s'engagent sur le pont Bidule qui enjambe l'Ondine, et Isabelle montre le quai du doigt.

— Regardez, c'est là qu'on a trouvé l'assassin de la rue des Noctambules.

Accoudées au parapet, les quatre jeunes filles contemplent la chaussée de béton où s'entassent des sacs de ciment ou des monticules de charbon.

— Je me demande, poursuit Isabelle, pourquoi Fantômette opère ici, à Framboisy, ou dans la région proche.

— Probablement, dit Françoise, parce qu'elle habite en ville.

— Ah, tu crois ? Je me demande bien où, alors ! Ça m'amuserait de la rencontrer.

— Mais si elle ne sort que la nuit, tu n'as guère de chance de la trouver.

— Oui, mais le jour ?

— Le jour ? Hum, je ne crois pas qu'elle se promène le jour avec son masque sur la figure...

— Oh ! évidemment, sans quoi on la reconnaîtrait tout de suite !

Les quatre écolières poursuivent leur chemin. Quelques minutes plus tard, elles arrivent devant la demeure du professeur Potasse.

chapitre 2

Les inventions du professeur Potasse

C'est une villa d'aspect classique – murs blancs, toit rouge et volets verts – sur la façade de laquelle se trouve une plaque de faïence portant l'inscription « Villa Isabelle ». La nièce du professeur désigne la plaque avec fierté :

— Vous voyez, tonton a donné mon nom à sa villa.

Elle pousse la grille de l'entrée.

— Venez, je vais vous faire visiter la maison.

Elles entrent dans le vestibule. Plaqué contre une cloison se tient un panneau rectangulaire ressemblant au tableau de bord d'une voiture. Une lampe rouge y est allumée.

— Ah ! dit Isabelle, mon oncle est en ce

moment dans son laboratoire, au fond du jardin. Quand la lampe est rouge, c'est pour indiquer qu'il travaille et qu'il ne faut pas le déranger. Nous irons le voir tout à l'heure si la lumière devient verte.

Les quatre amies visitent la salle de séjour, les chambres et la salle à manger.

— Et la cuisine ? demande Boulotte.

— Par ici...

La grosse fille s'extasie devant les placards fonctionnels, la cuisinière mixte et la batterie de casseroles en acier inoxydable. Mais elle tombe en arrêt devant un objet bizarre, qui paraît être une combinaison de machine à coudre, de cafetière express et de moteur hors-bord.

— Eh bien, s'exclame-t-elle, c'est la première fois que je vois un machin comme ça dans une cuisine ! Qu'est-ce que c'est ?

— Une invention de mon oncle, dit Isabelle. Il appelle ce truc un « Moulipresso-mixovapeur ».

— Un *quoi* ?

— Un « Pressomoulivapomixer ».

— Ce n'est pas comme ça que tu as dit.

— Ah ! tu sais, c'est difficile à retenir.

— Et cela sert... à quoi ?

— À faire toute la cuisine, ou presque. Moi, je ne sais pas m'en servir. Marie a essayé, mais elle n'a pas su non plus.

— Qui est Marie ? questionne Françoise.

— C'est la cuisinière. Elle est en train de nous préparer à goûter dans le jardin.

Très intéressée par l'appareil culinaire, Boulotte s'en approche, le touche, le palpe, appuie sur un bouton.

— Il ne se passe rien...

— Je crois qu'il faut mettre le courant.

Boulotte branche la prise de l'engin. On entend un ronflement de moteur.

— Bon. À première vue, il fonctionne. Si je mettais une gousse de vanille dedans, que se passerait-il ?

— Ça, je ne peux pas te le dire !

La gourmande contemple l'invention du professeur Potasse d'un air perplexe. La grande Ficelle – toujours distraite – regarde le plafond en se peignant au moyen d'un crayon. Françoise Dupont observe Boulotte d'un air ironique.

— Tu ressembles à une poule qui découvre un canard dans sa couvée.

— Que veux-tu... Je connais tous les ustensiles de cuisine existant au monde, de l'épluche-légumes au batteur à œufs, en passant par le tranchelard, le coupe-pâte à roulette, la sauteuse, le chinois et le moule à dariole, mais c'est la première fois que je vois un truc aussi compliqué. Voyons... Ce cylindre, ça doit servir pour le café... On doit mettre la poudre par ici et l'eau par là.

Elle soulève divers couvercles disposés sur le dessus de la machine, dévisse un bouchon, appuie sur un levier, tourne un bouton. Mais, à part le bourdonnement du moteur, rien ne se produit.

Elle demande :

— Es-tu sûre que ce truc-là fonctionne ?

Isabelle fait un geste vague :

— Tout ce que je peux te dire, c'est qu'hier soir Marie a essayé de fabriquer de la confiture avec. Elle a mis des framboises dedans, avec du sucre et du sirop, puis elle a appuyé sur tous les boutons...

— Et alors ?

— Alors, comme elle n'a pas pu rouvrir l'appareil, on ne sait pas ce que sont devenues les framboises.

— Il fallait demander au professeur Potasse.

— Il n'a pas le temps de s'occuper de ça. En ce moment il a un travail fou.

— Ah ! dit Françoise, quel travail fait-il donc ?

— C'est un truc sensationnel. C'est...

Mais au même instant la voix de Marie s'élève, provenant du jardin :

— Mesdemoiselles, le goûter est servi !

Ficelle et Françoise quittent la cuisine.

— Tu viens ? demande Isabelle à Boulotte.

— Attends un peu... Je veux essayer de comprendre comment marche cet outil. Je vous rejoins tout de suite.

— Dépêche-toi !

Les trois amies se rendent au jardin où l'on trouve des rangs de légumes alternant avec des bandes de gazon. Dans le fond se dresse une sorte de hangar en tôle ondulée : le laboratoire du professeur. Derrière ce hangar, un talus abrupt plonge dans l'Ondine. La rivière en effet borde l'extrémité de la propriété. Une barque est amarrée au milieu du courant, dans laquelle deux pêcheurs taquinent le goujon, abrités sous de larges chapeaux de paille.

Au centre du jardin se trouve une tonnelle en treillis de bois à laquelle s'accrochent des roses et des liserons. Sous cette tonnelle, une table ronde peinte en vert porte un plat où s'étale une appétissante tarte aux cerises.

Isabelle prend un couteau.

— En attendant que Boulotte arrive, dit-elle, je vais couper cette tarte en quatre.

— J'aime bien la tarte aux pommes ! s'écrie la grande Ficelle.

— Mais tu vois bien que ce sont des cerises !

— Ah oui ! je n'avais pas fait attention...

La tarte est habilement partagée en quatre parts. Isabelle propose :

— On l'entame ? J'ai une faim de loup !

— On ne va pas commencer sans Boulotte, dit Françoise. En attendant qu'elle arrive, dis-nous donc ce que fait ton oncle.

— C'est quelque chose d'extraordinaire. Il dit que ça va causer une véritable révolution. Il y travaille depuis plusieurs mois déjà. Voilà, c'est...

Paf ! Une sorte de détonation retentit dans la maison. Isabelle pousse un cri.

— Mon Dieu ! Ça vient de la cuisine. Il est arrivé quelque chose à Boulotte !

Les trois amies quittent précipitamment la tonnelle pour courir vers le pavillon. Boulotte apparaît sur le seuil de la porte. Son visage et ses mains sont rouges.

— Horreur ! Elle est pleine de sang !

— Ce n'est pas du sang, dit Boulotte en riant, c'est de la framboise ! C'est la confiture que Marie avait essayé de fabriquer.

Rassurées, les trois amies partagent l'hilarité de Boulotte, qui prend l'aventure du bon côté en se léchant les mains avec gourmandise.

— Miam ! Elle est délicieuse, cette confiture !

— Qu'est-il arrivé ? s'enquiert Françoise.

— Ma foi, je ne sais pas très bien. J'ai mis la vanille par ici, j'ai appuyé sur ce bouton, puis sur celui-là. Il y a eu un bourdonnement, le couvercle s'est soulevé, et pan ! la confiture m'a sauté au nez !... Dans le fond il marche très bien, cet appareil... Le tout est de savoir s'en servir.

Après débarbouillage, Boulotte se rend

sous la tonnelle. La vue du gâteau lui arrache des exclamations d'enthousiasme.

— Une tarte aux cerises ! Elle est splendide ! Vous connaissez la recette ? Je vais vous la donner. Il vous faut une demi-livre de farine, un œuf, un quart de beurre, deux cuillers à soupe de sucre et...

— Et Mimosa, coupe Isabelle, crois-tu qu'elle aime la tarte ?

— Je pense bien ! Tiens, tu vas voir...

Oubliant sa recette de cuisine, la joufflue plonge la main dans sa poche et en retire une petite souris blanche qu'elle pose sur la table.

— Oh ! qu'elle est mignonne ! dit Françoise.

— J'adore les petites bêtes ! s'écrie la grande Ficelle. À la campagne j'avais un saint-bernard gentil comme tout.

Mimosa grignote un morceau de tarte, tandis que Boulotte explique :

— Elle aime les tartes et toutes les sortes de gâteaux. Les choux à la crème, par exemple. Savez-vous comment on prépare les choux à la crème ? Il faut faire des petites boules de pâte de la dimension d'une clémentine. Mais d'abord il faut préparer la pâte, bien sûr. On prend une casserole dans laquelle on met de l'eau, du sel, du sucre et du beurre. Comme proportions, il faut...

Mais la recette est interrompue par l'arrivée de Marie, qui apporte une carafe d'orangeade glacée. Elle annonce :

— La lampe verte vient de s'allumer.

— Ah ! très bien, dit Isabelle, nous allons pouvoir rendre visite à mon oncle. Vous venez ?

— Attendez-moi, dit Ficelle, je me donne un coup de peigne.

Elle repose le petit couteau à dessert qui lui a servi à couper sa tarte, sort d'une pochette un peigne en plastique et tente de mettre un peu d'ordre dans les manches à balai qui lui tiennent lieu de cheveux. Puis elle met le couteau dans sa poche, pose le peigne dans son assiette et court rejoindre ses amies.

Isabelle frappe à la porte du hangar et l'ouvre. Les jeunes filles entrent.

Sur le plancher de bois raboté s'entasse une incroyable quantité de boîtes, fioles, récipients, rouleaux de fil de fer, feuilles métalliques, tubes, tiges, écrous et boulons ; un vaste établi est encombré d'outillage ; des tables disparaissent sous des instruments de mesure, des ampère-mètres, des appareils de radio ou des ordinateurs. Dans un angle, une grande armoire à demi ouverte laisse entrevoir des plans. Au milieu du laboratoire, dans un espace un peu plus dégagé, s'élève un cylindre d'environ trois mètres de haut, terminé en pointe et peint en blanc. Un homme se tient à quatre pattes devant ce cylindre, le nez au niveau du sol, dans l'attitude du monsieur cherchant un soulier sous son lit.

— Bonsoir, tonton ! lance Isabelle. Qu'est-ce que tu fais ?

Le savant se relève. Son crâne s'orne d'une calvitie intellectuelle et son nez supporte une paire de lunettes fort utiles pour y voir clair.

— Bonsoir, ma petite. J'étais en train de chercher un maudit écrou qui joue à cache-cache avec moi... Mais je vois que tu es venue avec des amies...

— Oui. Voici Françoise, qui est toujours première de la classe, et voilà Boulotte qui ne rêve que de casseroles et de cuisine. Cette grande-là, qui baye aux corneilles en regardant voler les mouches, c'est Ficelle.

— Mesdemoiselles, je suis très heureux de faire votre connaissance. Ma nièce m'a déjà parlé de vous, et croyez bien...

Mais Isabelle ne laisse pas son oncle finir la phrase. Elle s'écrie :

— Tonton, elles sont venues ici pour que tu leur expliques ce que tu fais en ce moment. Ta grande invention.

Visiblement flatté, le professeur sourit en se caressant le menton.

— C'est une grande invention en effet. La plus importante de toutes celles que j'ai faites.

Et, d'un geste large, il désigne divers appareils accrochés aux murs ou posés sur des étagères, accompagnés de pancartes en indiquant la nature.

— Vous avez là un modèle d'extincteur perfectionné, équipé d'une trompette. Quand on se sert de l'appareil pour éteindre le feu, on entend : « Pin-pon !... Pinpon ! » À côté, vous voyez une pendule de mon invention. Comme vous pouvez le constater, elle est munie de trois cadrans, ce qui permet à trois personnes de lire l'heure en même temps.

Françoise regarde le professeur à la dérobée, se demandant s'il n'est pas fou. Elle se rend compte que, derrière ses lunettes, ses yeux pétillent de malice. Bon, le professeur n'est pas un fou, mais un humoriste.

En effet, le laboratoire regorge d'inventions fort diverses, où le sérieux se mêle à la plus haute fantaisie. C'est ainsi que le professeur exhibe un ouvre-boîtes à musique qui joue *Ah ! les petits pois !* et qui enthousiasme Boulotte, puis une tasse avec l'anse à gauche – pour gauchers –, qui plonge la grande Ficelle dans un abîme de perplexité.

— Mais c'est une tasse ordinaire ! L'anse, on peut la tourner du côté qu'on veut...

— Pas du tout ! dit Potasse le plus sérieusement du monde, c'est une tasse fabriquée spécialement avec l'anse à gauche.

— Ah ! vous êtes sûr ?

— Certainement !

Ficelle ne peut détacher ses yeux de l'objet. Françoise, Boulotte et Isabelle rient sous cape. Le professeur saisit la tasse et la tend à la grande Ficelle.

— Tenez, puisqu'elle semble vous intéresser, je vous la donne !

Elle la prend, ravie du cadeau.

— Oh ! merci ! monsieur le professeur, je vais la montrer à toutes mes amies.

Cependant, Françoise se rapproche du cylindre vertical qui semble occuper la place d'honneur.

— On dirait une fusée.

Le professeur approuve.

— C'est en effet une fusée. Ma grande invention. Je ne veux pas dire par là que j'ai inventé les fusées, non. Les Chinois l'ont fait il y a des milliers d'années. Mais j'ai mis au point une fusée d'un type nouveau.

— Ah ! et comment fonctionne-t-elle ?

Le savant hésite en se grattant le nez.

— Hum... Ce serait bien difficile à vous expliquer... Sachez seulement que j'ai adapté à cette fusée une tuyère d'un type entièrement nouveau qui en augmente la puissance d'une manière très appréciable. Tenez, vous avez sur cette étagère un modèle de la tuyère qui se place à la partie inférieure de la grande fusée blanche.

— Et cette fusée, qu'allez-vous en faire ?

— Je vais m'en servir pour faire la pluie et le beau temps, tout simplement.

Françoise fronce ses sourcils noirs.

— Je ne saisis pas très bien...

— Voilà. Vous savez qu'on a déjà fabriqué de la pluie artificielle ? Du haut d'un avion, on saupoudre les nuages avec certains produits chimiques, et ces nuages se changent en pluie. Malheureusement, c'est un procédé assez coûteux. Avec ma fusée, on peut obtenir le même résultat, mais pour un prix bien moindre.

— Alors, votre fusée servira à faire tomber la pluie sur les champs ?

— Je vois que vous avez parfaitement compris. Qu'en pensez-vous ?

— Je pense que c'est une invention très utile.

Le professeur sourit largement.

— Je suis heureux de vous l'entendre dire.

Françoise fait le tour de la fusée et s'approche d'une fenêtre à travers laquelle on peut voir l'Ondine. Toujours assis dans leur barque, les deux pêcheurs inclinent leurs gaules au-dessus de l'eau. Françoise les contemple pendant un moment, puis se retourne vers le professeur.

Elle demande :

— Votre fusée est très puissante, n'est-ce pas, et peu coûteuse à fabriquer ?

— En effet. Dans sa catégorie, c'est un engin bien supérieur à tout ce qui a été produit jusqu'à présent.

— Et votre intention est d'en faire un engin utile pour l'agriculture. Mais les produits destinés à faire tomber la pluie pourraient être remplacés par une bombe ? Votre fusée pourrait ainsi devenir une arme redoutable ?

— C'est vrai. Mais je n'ai nullement l'intention d'en faire un missile militaire. Je suis pour la paix, moi. Je ne veux pas que ma fusée devienne une machine de destruction et de mort.

— Bien, je vous approuve.

Françoise regarde de nouveau à travers les vitres ; elle paraît réfléchir un moment. Elle demande encore :

— Dites-moi, monsieur le professeur, vous a-t-on déjà fait des propositions au sujet de cette fusée ?

— Oui. L'état-major des forces armées de Névralgie voulait m'acheter une licence de fabrication. Mais, comme je viens de vous le dire, je veux que cette fusée n'ait que des applications pacifiques, et j'ai refusé. J'ai d'ailleurs accordé l'exclusivité de l'engin au ministère de l'Agriculture, qui a financé une partie de mes travaux. À propos d'agriculture, vous ai-je fait voir ma pompe à arroser les jardins ? Tenez, elle est fixée à ce grand baquet plein d'eau.

Pendant que le professeur Potasse fait une démonstration d'arrosage avec l'eau du baquet, la grande Ficelle, qui bâille dans un coin en regardant le plafond, s'avise qu'elle serait aussi bien assise pour attendre la fin de la visite. Apercevant un fauteuil métallique qui paraît confortable, elle y prend place, allonge les jambes, puis pose les bras sur les accoudoirs. Un petit bouton noir se trouve à l'extrémité de l'accoudoir de droite. Machinalement, elle appuie dessus...

— Voyez-vous, mesdemoiselles, la pompe aspire l'eau du baquet...

— BANG !

Les trois jeunes filles et le professeur se retournent. Un spectacle stupéfiant se produit : dans un nuage de fumée bleue, la grande Ficelle s'élève dans les airs, assise dans le fauteuil !

Le professeur hurle :

— Mon siège éjectable pour avion à réaction !

Le fauteuil décrit une courbe à travers le hangar, tandis que sa passagère involontaire pousse des cris déchirants, et retombe en plein dans le baquet d'eau qui se vide de son contenu en douchant copieusement les spectateurs !

Le professeur se précipite pour retirer Ficelle de l'eau. Il demande, très anxieux :

— Vous ne vous êtes pas fait mal ?

— Heu... non.

— Ah ! tant mieux ! Je suis ravi...

Isabelle se met à pleurnicher :

— Hiii ! Nous sommes trempées et tu es ravi !

Le savant s'écrie :

— Mais oui ! Songe que je n'avais pas encore essayé ce fauteuil ! Et il marche ! Il fonctionne ! C'est merveilleux !

— Eh bien, si c'est merveilleux d'avoir pris une douche froide !

— Mais oui ! Ah ! que je suis content !

Le petit groupe présente l'aspect d'une famille de canards sortant du bain.

— Tonton, nous allons nous enrhumer !

— Pas du tout, ma chère Isabelle, nous allons nous sécher en quelques instants dans le séchoir à linge de mon invention. Attendez une seconde.

Il s'approche d'un interphone fixé à la cloison, met le contact. À l'autre bout de la ligne se produit un bourdonnement, puis on entend la voix de Marie qui dit :

— Allô ?

— Allô, Marie ? Y a-t-il du linge dans le séchoir, en ce moment ? Non ? Très bien, alors mettez-le en route tout de suite, à pleine puissance !

Il se tourne vers les jeunes filles en souriant :

— Nous serons parfaitement secs dans cinq minutes. Si vous voulez bien me suivre...

Ils quittent le hangar, traversent le jardin, tandis que Boulotte sort Mimosa de sa poche pour vérifier si elle n'est pas mouillée, et que Ficelle raconte son vol plané.

— J'ai eu une peur terrible, vous savez ! Je me suis demandé ce qui m'arrivait...

Lorsque je me suis trouvée dans l'air, tout près des poutres du toit, j'ai cru que je n'allais jamais redescendre !

— C'eût été méconnaître les lois de la pesanteur, dit Potasse.

— Et quand je suis retombée dans le baquet d'eau, j'ai cru que j'allais rester au fond !

— C'eût été ignorer le principe d'Archimède.

La porte du pavillon s'ouvre, et l'on voit apparaître Marie, qui lève les bras au ciel en voyant cet escadron aquatique.

— Mais qu'est-il arrivé ? Je parie que c'est encore l'une de vos inventions !

— Presque, ma bonne Marie, presque !

Les « mouillés » entrent dans le sous-sol et s'engouffrent dans une sorte de cagibi dont les parois ressemblent à des persiennes. Le professeur referme la porte et explique :

— À travers ces parois à claire-voie circule un courant d'air chaud parfaitement sec qui fait évaporer l'eau très rapidement.

— On se croirait dans une étuve, remarque la ronde Boulotte en sortant son mouchoir pour s'éponger le front.

— Dis, tonton, demande Isabelle, on en a pour longtemps ?

— Non, nous serons secs dans quelques secondes.

Françoise tortille une de ses boucles brunes. Ficelle veut se peigner. Elle tire de sa poche le couteau à dessert et s'en ratisse consciencieusement les cheveux.

— Mademoiselle, lui demande le professeur Potasse, savez-vous avec quoi vous êtes en train de vous peigner ?

Tous les regards se tournent vers la grande fille qui contemple le couteau d'un œil rond. Le cagibi s'emplit de rires.

— Oh ! que je suis distraite !... Mais alors, qu'est devenu mon peigne ?

— Je suppose, dit Françoise, que tu t'en es servie pour couper ton gâteau.

— Horrible détail ! s'écrie Isabelle, on lira ça demain dans le journal : *Parce qu'elle avait coupé une tarte avec son peigne, elle tombe d'un siège éjectable et prend un bain dans un baquet.*

En quelques instants les vêtements sont secs et le cagibi est évacué.

— Et maintenant, dit Isabelle, je vais vous

faire voir les coupures de journaux qui parlent de Fantômette.

— Il est déjà bien tard, observe Françoise en consultant sa montre.

— C'est vrai, dit Ficelle, on a des tas de devoirs à faire, et moi en plus j'ai des punitions à copier.

— Bon alors, voulez-vous que nous les regardions demain, dès la sortie de l'école ?

— C'est entendu.

Les trois visiteuses vont pour prendre congé du professeur et de sa nièce, quand la grande Ficelle manifeste son intention de récupérer son peigne. Françoise l'accompagne sous la tonnelle.

— Ah ! dit Ficelle, tu avais raison ; j'avais oublié le peigne dans mon assiette ! Que je suis étourdie !... Mais qu'est-ce que tu regardes ? Les pêcheurs ?

— Oui.

— Quelle patience ils ont ! Rester des heures et des heures immobiles à attendre que le poisson morde... Moi, je ne pourrais pas ! Et toi ?

— Je ne sais pas.

Elles regagnent le pavillon. Le professeur

raccompagne ses jeunes hôtes jusqu'au portail d'entrée et leur recommande :

— Ne manquez pas de revenir demain. Je procéderai à de nouveaux essais du siège éjectable, et si Mlle Ficelle veut continuer l'expérimentation qu'elle a si bien commencée, elle en aura tout le loisir.

Il appuie cette déclaration d'un clignement d'œil vers les amies de Ficelle. Mais celle-ci croit que l'offre est sérieuse et elle bredouille précipitamment :

— Heu... vous êtes bien bon, monsieur le professeur, mais, si vous voulez bien, j'aimerais autant que ce soit quelqu'un d'autre qui s'asseye sur votre fauteuil à réaction...

— Vraiment, vous ne voulez pas continuer les essais ?

— Non, non... je vous remercie !

— Bon, alors je n'insiste pas. Mais si vous changiez d'avis, le siège est à votre disposition.

Les trois jeunes filles remercient et prennent congé du professeur et d'Isabelle.

— Tu aurais dû accepter l'offre du professeur, dit Françoise.

— Hein ? Tu veux rire ! J'ai failli me

rompre le cou et me noyer ! J'en ai assez, de l'aviation ! S'il faut absolument que je fasse du sport, j'aime encore mieux la pêche à la ligne !

— Bah, tu ne saurais pas pêcher.

— Moi, je ne saurais pas ?

Françoise secoue la tête et demande :

— Tiens, sais-tu seulement de quoi se compose une canne à pêche ?

— Évidemment que je le sais. Ça se compose d'une gaule, c'est-à-dire d'un bâton en bambou et d'une ligne, c'est-à-dire d'un bout de fil. Na, tu es contente ?

— Très bien. Et s'il n'y a pas de fil ?

— Pas de fil ?

— Oui.

Boulotte cesse de renifler une noix de muscade qu'elle a tirée de sa poche et intervient dans la discussion :

— S'il n'y a pas de ligne, on ne peut pas attraper de poisson. À quoi accrocherait-on l'hameçon et les plombs ? Mais pourquoi poses-tu toutes ces questions ?

— Eh bien, je me demandais s'il était possible de pêcher avec seulement une gaule en bambou.

La grande Ficelle réfléchit deux secondes, puis déclare d'un ton très sûr :

— Ça doit être possible. En tapant sur la tête des poissons. Mais pourquoi veux-tu savoir ça ?

— Parce que les deux pêcheurs qui sont en ce moment sur l'Ondine ont des cannes à pêche dépourvues de lignes...

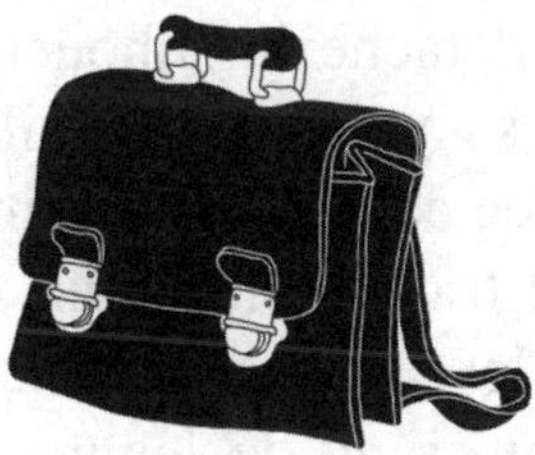

chapitre 3

Fantômette en action

La nuit est tombée. Fantômette agrafe sa cape noire avec une broche d'or en forme de F, ajuste son masque et gonfle d'air ses poumons. D'un bond, elle grimpe sur la clôture qui borde la villa Isabelle. Elle jette un coup d'œil à droite, à gauche. Personne. Elle saute légèrement à terre et s'avance, contournant le pavillon avec le silence d'une panthère. Son regard se porte sur la façade arrière. Au premier étage, une fenêtre est éclairée. Derrière un rideau se détache la silhouette du professeur, assis à sa table de travail. Sans doute doit-il faire des calculs ou dessiner des plans.

Fantômette traverse le jardin en évitant de marcher sur les allées couvertes de gravier. Elle saute d'un rang de légumes à un autre, sur la pointe des pieds, avec la grâce d'une ballerine. Il ne lui faut que quelques secondes pour atteindre le laboratoire. Elle vérifie que la porte est bien fermée par un cadenas, puis tourne autour du bâtiment. Elle se plaque contre la paroi de tôle ondulée, dissimulée dans la zone d'ombre d'un grand chêne. Puis elle attend.

Par instants, le large croissant de la lune se cache derrière un nuage. La nuit devient alors plus noire. Les nuages se déplacent en altitude, mais il n'y a au niveau du sol aucun souffle de vent. Quelque part, caché dans les herbes ou les joncs d'une rive de l'Ondine, un grillon grésille avec un bruit de mécanique mal graissée. La surface de la rivière est lisse, à peine troublée de temps en temps par une bulle de gaz ou la queue d'un poisson atteint d'insomnie. Fantômette consulte sa montre au cadran phosphorescent.

— Il est presque minuit. J'espère ne pas m'être trompée...

La fenêtre du pavillon vient de s'éteindre : le professeur Potasse s'est mis au lit.

Le regard de la jeune aventurière se fixe soudain vers un point du jardin. Dans l'obscurité, quelque chose a bougé. Une personne quelconque n'aurait rien décelé, mais la vue perçante de Fantômette lui permet de voir, la nuit, presque aussi bien qu'en plein jour. Il y a un léger craquement de brindille piétinée, et une forme noire se glisse derrière un arbre.

Fantômette abaisse la main vers le manche d'un fin poignard qu'elle porte à la ceinture, mais n'achève pas son geste. L'ombre mystérieuse s'est détachée de l'arbre. Un sourire se dessine sous le masque de l'aventurière.

— Un chat ! Voilà un adversaire bien inoffensif...

L'animal a flairé une présence humaine. Il s'avance lentement vers le laboratoire, hésitant, levant haut les pattes. Il aperçoit alors la jeune fille et s'immobilise, écarquillant ses yeux ronds et noirs. Il semble réfléchir un moment, puis il s'enhardit et s'approche. Fantômette se baisse, tend la main vers lui et murmure : « Minet, minet ! » Le chat se rapproche encore et se laisse caresser en arquant le dos. Il exprime sa satisfaction selon la mode en usage chez les chats : en ronronnant.

— Tu as bien fait de venir, mon gros ! Comme cela, tu me tiendras compagnie en attendant que se produise certain événement que je prévois. Et toi, que fais-tu dans ce jardin à cette heure tardive ? Tu te promènes ? Bien sûr, les chats aiment les promenades nocturnes. Et d'ailleurs...

Fantômette interrompt son petit discours et tourne la tête vers la rivière. Elle vient de percevoir un léger clapotis. Là-bas, sur l'autre rive, deux silhouettes prennent place dans une barque. Quelques secondes après, les rames plongent dans l'eau et l'embarcation commence sa traversée.

— Bien. Je ne m'étais pas trompée.

Elle se relève lentement et retourne dans la partie du jardin qui est masquée par le laboratoire. Elle soulève une échelle de bois, qui gît le long d'un rang de framboisiers, et revient au pied du chêne contre lequel elle la dresse. Un coup d'œil sur la rivière. La barque se rapproche, mais les deux hommes ne peuvent pas voir Fantômette, car le tronc la cache et, de plus, la lune disparaît derrière un épais nuage.

En un clin d'œil, elle escalade les barreaux et atteint les premières branches basses. L'une d'elles, fort épaisse, s'allonge au-dessus du hangar ; ses rameaux frôlent presque le toit. Fantômette s'y installe à califourchon et attend.

Propulsée à grands coups de rames silencieux, l'embarcation se rapproche rapidement. L'homme qui est à l'avant sort les rames de l'eau et laisse la barque filer sur son erre. Le nez bute mollement contre le talus de la berge. L'inconnu saute à terre en produisant un léger tintement métallique et dépose une pierre qu'une corde reliait au bateau. Son compagnon débarque à son tour, et les deux hommes se dirigent vers l'entrée du laboratoire. Fantômette se demande quel objet a produit le bruit de métal quand le jet de lumière d'une lampe de poche la renseigne : l'un des hommes tient en main un gros trousseau de clefs. Il s'escrime pendant un moment contre le cadenas qui ferme la porte, puis réussit à l'ouvrir. Les deux hommes entrent.

Fantômette rampe le long de la branche, se laisse glisser sur la toiture et s'approche d'un vasistas qui sert à éclairer le laboratoire pendant le jour. Il est entrouvert, et elle peut saisir les paroles qu'échangent les deux visiteurs nocturnes.

— C'est de quel côté, Bébert ?

— Je ne sais pas.

L'homme qui a posé la question possède un fort accent étranger. Le faisceau de la lampe électrique balaie l'intérieur du laboratoire, se posant sur la fusée, puis sur le fauteuil éjectable, le baquet, les établis. L'homme à l'accent étranger grommelle :

— Quel fouillis ! On ne sait pas où poser les pieds ! Je me demande où il a bien pu mettre les plans.

— Dis donc, Kafar, ils sont peut-être dans le pavillon ?

— Attends... Tiens, là... cette armoire !

Les inconnus s'approchent du meuble dont la porte entrouverte laisse voir des dossiers, des piles de papiers.

Kafar, qui paraît être le chef, saisit une liasse de documents sur laquelle il braque sa lampe.

— « Plan de l'extincteur », ce n'est pas ça.

Il passe en revue différents dossiers : « Plan de la pompe à eau », « Siège éjectable », « Hélicoptère à vapeur », « Patinette-tondeuse-à-gazon ». Un titre le plonge dans la perplexité : « Pressomoulivapomixer ».

— Diable, qu'est-ce que c'est ?

— Fais voir...

Le complice Bébert examine les plans, cherche à comprendre, puis hausse les épaules.

— Après tout, c'est ce que ça voudra ! Ce qui nous intéresse, c'est la tuyère.

Allongée à plat ventre sur le toit, Fantômette regarde vers le bas, à travers le vasistas, sans perdre un seul geste des deux hommes. Ils continuent leurs recherches pendant un moment, déroulant des plans, examinant les étiquettes collées sur chaque chemise, ouvrant les dossiers un par un. Soudain, Bébert pousse un cri :

— Aaah ! Kafar, tu as entendu ce bruit ?

L'étranger se retourne.

— Oui, un bruit qui vient de là... Il y a quelqu'un au fond du laboratoire...

Fantômette le voit sortir un revolver de sa poche et s'avancer avec précaution à travers l'encombrement, puis explorer les lieux avec sa lampe.

— Haut les mains !

Pas de réponse.

— Haut les mains ou je tire !

Bébert hoche la tête.

— Il n'y a personne. Et pourtant, j'ai entendu le bruit de quelque chose qu'on remue... Tiens, ça recommence !

Le bruit se produit de nouveau, en effet. Fantômette entend Kafar qui éclate de rire.

— Ha, ha ! C'est un chat ! C'est un quadrupède à moustaches !

Le complice soupire d'aise.

— Bon, tant mieux ! J'aime autant ça.

Il se remet à éplucher les dossiers et quelques instants plus tard annonce :

— Ça y est, j'ai mis la main dessus ! Regarde : « Plans de la tuyère. Théorie, calculs, essais ».

— Parfait ! Je le prends. Nous n'avons plus qu'à faire demi-tour.

Ils remettent rapidement les papiers en place, sortent du hangar et referment la porte. Bébert demande :

— On boucle le cadenas ?

— Oui. Inutile qu'on s'aperçoive que nous sommes venus ici. C'est fait ?

— Oui, je... Aaah !

Il n'a pas le temps d'achever sa phrase. Une masse noire tombant du ciel vient de s'abattre sur son dos. Il roule sur l'herbe, à demi étourdi.

— Pétard ! s'écrie Kafar en ressortant son revolver.

Il le braque sur la forme noire qui se relève d'un bond. Il a la vision de deux yeux brillants cachés derrière un masque et entrevoit l'éclair jaune d'une agrafe en forme de F. Au même instant, un poing jailli de nulle part lui emboutit le menton en l'envoyant basculer par-dessus son complice, les quatre fers en l'air. Le dossier et le revolver voltigent sur le sol. Fantômette ramasse l'arme qu'elle met dans une petite poche, cale le dossier sous son bras, caresse la tête du chat qui vient de sortir du hangar, et s'éloigne d'un pas tranquille en direction de la barque. Elle soulève la pierre, la dépose dans le bateau où elle s'installe. Puis elle plonge les rames dans l'eau.

Cependant les deux hommes se relèvent en se frottant les côtes.

— Que s'est-il passé ?

— Ah ! le brigand ! Il m'a volé les plans ! Où est mon revolver ? Cours-lui après !

— Après le revolver ?

— Mais non, après notre agresseur !

Le complice court vers la rive, mais revient aussitôt en levant les bras au ciel.

— Il vient de se sauver avec notre barque !

— Quoi ? Ah ! c'est un comble !

Les deux hommes s'approchent du talus qui borde la rivière. À quinze ou vingt mètres de là, la barque vogue en s'éloignant. L'étranger allume sa lampe, la dirige vers l'embarcation. Il voit Fantômette agiter la main en faisant un « Houhou ! » amical.

— Ce n'est pas un homme, observe le complice, on dirait plutôt une fille...

— Eh bien, fille ou pas, elle va recevoir une petite leçon ! Tiens-moi la lampe, vite !

Il se penche, ramasse une pierre aux arêtes aiguës de la grosseur d'une pomme, balance le bras et la jette en direction de la barque. Une seconde de silence, puis on entend un « plouf ! » suivi d'un rire ironique. Trois secondes plus tard, l'étranger pousse un hurlement : un objet dur vient de le frapper en plein front.

Le complice ramasse l'objet en question.

— Tiens... c'est ton revolver qu'elle te réexpédie...

— Ah ! la brute ! Elle va me payer ça !

Tout en se frottant le front de la main gauche, il prend l'arme de la main droite, allonge le bras à l'horizontale, vise soigneusement. La barque est au milieu de l'Ondine, à égale distance des deux rives. La lune, un instant cachée par un nuage, brille de nouveau. La fugitive offre une cible magnifique. L'homme appuie sur la détente.

On entend un léger déclic.

— Pétard ! Ah ! la coquine, elle a enlevé les balles !

Le complice hoche la tête tristement.

— Ce n'est pas la peine d'insister. Pour ce soir, c'est raté !

— Oui, rentrons. L'ennuyeux, c'est que nous n'avons plus de barque. Il va falloir faire le tour par la ville.

Ils traversent le jardin en piétinant abondamment les plates-bandes, atteignent le devant du pavillon et sortent en escaladant la clôture. Ils se dirigent vers le centre de Framboisy, passent le pont et reviennent, en longeant la rive, vers l'endroit où ils avaient embarqué. Le bateau est là, amarré. Aucune trace de leur mystérieuse adversaire.

— Évidemment, grommelle Kafar, elle ne nous a pas attendus ! Allez, on s'en va...

Ils s'approchent d'une longue Mercedes noire qu'ils avaient garée sur le bas-côté de la route, feux éteints. Bébert s'apprête à monter lorsqu'il s'aperçoit qu'un pneu est à plat. Il pousse un juron.

— Qu'y a-t-il ? demande Kafar.

— Regarde : le pneu avant est crevé.

Kafar braque sa lampe sur la roue qu'il examine de près. Il se baisse, ramasse un petit objet métallique.

— C'est le bouchon de la valve. Le pneu n'est pas crevé, il a été dégonflé.

Saisi soudain par une idée, il dirige la lumière vers l'arrière.

— Pétard !

Il fait le tour de la voiture en courant et lance deux nouvelles exclamations : *les quatre pneus sont dégonflés !*

— Mille diables ! C'est un mauvais tour de cette petite peste ! Si je l'attrape, je la ferai rôtir toute crue !

— Et à cette heure-ci les garagistes sont fermés... Il va falloir regonfler à coups de pompe !

Il prend la pompe dans le coffre à outils et commence à gonfler. Au bout de cinq minutes, son complice le relaie. Puis ils passent au second pneu, au troisième et au quatrième. Il leur faut près d'une demi-heure d'efforts pour achever leur travail. Ils remontent finalement dans la voiture et s'abattent sur les sièges, exténués.

Kafar remarque alors une carte de visite coincée dans le volant ; il la lit et pousse un rugissement de rage. Elle porte ces mots :

FANTÔMETTE

adresse aux deux Gros Vilains ses salutations distinguées. Elle leur recommande, pour la prochaine fois où ils feront semblant de pêcher afin de surveiller le laboratoire, d'accrocher des lignes à leurs gaules.

D'autre part, elle est heureuse d'avoir pu leur offrir l'occasion de développer leurs muscles en donnant quelques coups de pompe aux pneus qui en avaient bien besoin. Ce petit exercice les consolera certainement d'avoir perdu les plans de la fusée.

chapitre 4

La disparition des plans

La jeune Boulotte vérifie que Mlle Bigoudi est occupée à écrire au tableau, soulève son pupitre et en sort un livre volumineux, recouvert de papier bleu. Elle le feuillette fébrilement jusqu'à la page 73, puis elle prend son cahier de français, l'ouvre à la dernière page et commence de recopier le texte du livre :

Hacher finement un brin de persil, trois gousses d'ail et une échalote. Faire bouillir dans une demi-casserole d'eau six pommes de terre nouvelles, deux carottes et un navet. Après dix minutes d'ébullition, ajouter une branche de thym...

Isabelle lui donne un coup de coude appelant à mi-voix.

— Hé, Boulotte !

— Quoi ?

— Tu ne sais pas la nouvelle ?

— Non ?

— Dans le journal, ce matin...

— Eh bien, on parle de Fantômette ?

— Non, justement ! On n'en parle pas. Tu ne trouves pas cela extraordinaire ?

— Pourquoi voudrais-tu qu'on en parle tous les jours ?

— Parce qu'elle ne reste jamais sans rien faire. D'ailleurs...

— Chut !

Mlle Bigoudi vient de se retourner.

— Vous voyez donc, mesdemoiselles, grâce au schéma que je viens de tracer, que le Bassin parisien est formé de couches calcaires superposées. Comment cette formation géologique s'est-elle produite ? Vous vous le demandez ?

« Ah oui ! pense la grande Ficelle, j'ai autre chose à faire que de me demander comment le Bassin parisien a été fabriqué ! J'aimerais bien mieux savoir pourquoi les mouches se promènent au plafond la tête en bas. Peut-être qu'elles ont de la colle au bout des pattes ?... Et pourquoi tournent-elles en rond toute la journée ? Il doit y avoir une raison. »

— ... On appelle donc *sédimentation* le mode de formation du Bassin parisien. Mais vous aimeriez savoir s'il existe d'autres genres de formation géologique ?

« Pas du tout, pense Ficelle. Ce que j'aimerais savoir, c'est pourquoi les mouches volent en rond. Et pourquoi les vaches balancent la queue. Voilà le genre de chose que je voudrais bien qu'on m'explique. Je vais demander à Françoise. Elle sait tout, elle. »

La grande Ficelle ouvre son cahier en paravent, plonge la tête dedans et interpelle sa voisine de banc :

— Hé ! Françoise !

— Qu'est-ce qu'il y a ?

— Sais-tu pourquoi les vaches balancent la queue ?

— Non.

Ficelle paraît très surprise.

— Comment, tu ne sais pas ?

— Non. Et toi, tu le sais ?

— Non. Je te le demande parce que tu sais toujours tout.

— Ah ! bon.

— Alors, tu ne sais pas pourquoi les vaches balancent la queue ?

— Non, mais je suppose que c'est pour chasser les mouches.

— Ah !

Cette explication illumine le cerveau de Ficelle. Il lui paraît soudain évident que les vaches se servent de leur queue comme d'un chasse-mouches. Constatant que Françoise semble compétente en matière de mouches, Ficelle demande :

— Dis donc, Françoise...

— Quoi ?

— Les mouches, pourquoi volent-elles en rond ?

La jeune personne brune fronce un instant les sourcils, puis répond avec le plus grand sérieux :

— Elles tournent en rond parce que, si elles allaient en ligne droite, elles finiraient par se cogner contre les murs.

— Ah !

Ravie de l'explication, la grande Ficelle lève le nez vers une escadrille de mouches qui volette dans l'espace aérien de la classe.

— ... Un relief volcanique est donc très accentué. En revanche, un bassin sédimentaire est très plat. Mademoiselle Ficelle, voulez-vous répéter ce que je viens de dire ?

« Les mouches, pense Ficelle, ont bien de la chance. Elles n'ont pas besoin d'apprendre leurs leçons, ni de faire des devoirs. Et on ne les met pas en retenue le mercredi. »

— Mademoiselle Ficelle !

La grande fille ouvre des yeux étonnés. L'institutrice demande sèchement :

— Qu'étais-je en train de dire ?

— Heu... vous parliez... des mouches...

Éclat de rire général dans la classe. Ficelle essaie de se rattraper :

— Heu... non, ce n'est pas ça. Vous parliez de...

Elle baisse le nez vers le cahier qui est sur sa table. C'est un cahier de calcul.

— Vous parliez... d'arithmétique.

— Plaît-il ?

Un instant de silence orageux plane sur la classe.

« Ça y est, pense Ficelle, elle va descendre de son perchoir. C'est mauvais signe. »

Effectivement, Mlle Bigoudi descend de

l'estrade, s'approche de la table derrière laquelle la grande fille se tient droite comme un piquet, l'air penaud, et saisit le cahier, dont elle examine la couverture.

— Cahier de calcul ! C'est sur votre cahier de calcul que vous copiez la leçon de sciences naturelles ?

L'air complètement affolé, la grande Ficelle bredouille des mots sans suite. L'institutrice laisse tomber le cahier sur la table et exige :

— Montrez-moi immédiatement votre cahier de sciences naturelles !

Ficelle se plie en deux, plonge vers son cartable et entreprend une fouille fébrile. Bras croisés, l'œil sévère, Mlle Bigoudi la regarde opérer.

Au bout d'un moment, la grande Ficelle avoue d'un air piteux :

— Je... je ne le trouve pas. J'ai dû l'oublier à la maison.

— C'est très bien !

Quand la maîtresse prononce cette phrase, ça veut dire que c'est très mal. Elle prend dans son bureau un carnet où les punitions sont soigneusement consignées et note :

— Mademoiselle Ficelle, vous me copierez pour demain le verbe « Ne pas oublier d'apporter son cahier de sciences naturelles ». Au fait, vous avez déjà une punition à me présenter. Vous deviez copier trois fois la leçon d'histoire sur Louis XIV. C'est fait ?

— Oh oui ! mademoiselle.

— Vous ne l'avez pas oubliée, au moins ?

— Oh non ! mademoiselle.

— Bien, apportez-moi cela.

Ficelle fouille de nouveau dans son cartable et sort son cahier de musique où se trouve la punition en question. Elle apporte les feuilles jusqu'au bureau de Mlle Bigoudi.

— La leçon est copiée trois fois ?

— Oh oui ! mademoiselle.

L'institutrice examine la première feuille, puis la seconde et la troisième.

— Qu'est-ce que c'est ?

Ficelle se sent devenir rouge comme une tomate. La maîtresse examine attentivement les trois feuilles et les compare comme s'il s'agissait de précieux parchemins. Puis elle fronce les sourcils et demande sévèrement :

— Mademoiselle, me croyez-vous naïve au point de ne pas pouvoir reconnaître un texte photocopié ? À dix mètres on se rendrait compte que votre leçon n'est pas écrite à l'encre ! Vous ne manquez pas d'audace ! Vous envisagez peut-être de faire faire vos punitions chez un imprimeur ?

Ficelle se tortille sur place, image vivante de la confusion.

— Décidément, reprit Mlle Bigoudi, vous êtes une élève désespérante, et je me demande quelles sanctions il faudra inventer pour vous ramener dans le droit chemin ! En attendant, vous allez copier cette leçon d'histoire, je dis bien *copier à la main* ! Et non pas trois fois, mais cinq fois. J'espère que cela vous fera réfléchir un peu plus. Retournez vous asseoir !

Avec un air profondément morose, Ficelle regagne sa place sous l'œil ironique de ses camarades. Françoise a grand-peine à retenir son sérieux. Elle murmure :

— Finalement, tu aurais gagné du temps si tu avais appris ta leçon.

Ficelle hausse les épaules et se renferme dans un silence boudeur.

Après cet incident, la classe se poursuit dans le calme. Notre Boulotte, qui vient de transposer sur son cahier la recette de l'entremets « Pompadour à la toulousaine », range son livre de cuisine. Puis elle émiette une demi-biscotte dans une poche où se trouve la souris. Isabelle se penche et dit :

— Elle est amusante. Elle mange les miettes.

— Oui, c'est son heure de goûter...

— À propos de goûter, vous venez chez moi, après la classe ?

— Moi je veux bien. Françoise et Ficelle sont d'accord ?

— Attends. Je vais leur faire passer un message en code secret.

Isabelle déchire une feuille de son cahier de textes et écrit en tirant la langue : « Vœux-Nez-Goutte-Thé-Allah-Ville-A-2-Monocle. »

Boulotte examine le message avec attention. Deux rides barrant son front témoignent de l'intensité de son travail intellectuel.

— Voyons... Ça veut dire : « Venez goûter à la villa de... » Qu'est-ce que c'est, ce monocle ? Qu'est-ce qu'il vient faire là ?

— Ce n'est pas monocle, c'est « mon oncle ». J'ai pris le mot le plus rapprochant.

— Ah bon ! Et ce papier, qu'est-ce qu'on en fait ?

— Fais-le passer à Françoise.

Soigneusement plié en huit, le document circule de banc en banc grâce à la formule magique « Passe à ta voisine ». Il est finalement communiqué à Françoise Dupont. Elle en prend connaissance, sourit et inscrit quelque chose sur le papier qu'elle fait de nouveau circuler en direction des expéditrices. Isabelle le déplie nerveusement. Françoise n'a écrit que deux lettres : G a.

— Je ne comprends pas, dit Isabelle. Tu vois ce que ça veut dire, toi ?

Boulotte regarde la réponse, puis avoue son ignorance.

— Non, je ne vois pas ce qu'elle a voulu dire.

— Attends, on va le lui demander.

Elle rédige aussitôt un second message : « Caisse-Queue-Tu-Amarre-Quai ? »

La réponse revient au bout de quelques minutes, avec l'explication : « G, grand. a, petit. » Pour les ignorants : « J'ai grand appétit. » Isabelle est sur le point de s'extasier sur l'imagination de Françoise, quand retentit la sonnerie annonçant la fin de la classe.

« Ouf ! pense la grande Ficelle, ce n'est pas trop tôt. Je commençais à avoir une indigestion de volcans, de couches stratifiées et de plissements hercyniens ! »

Les quatre amies se retrouvent à la sortie. Pendant tout le trajet, la grande Ficelle se répand en lamentations, tapements de pied, imprécations et malédictions. Elle forme mille projets de vengeance dont la victime doit être Mlle Bigoudi. Mais en passant sur le pont Bidule, la vue d'un petit yacht blanc à moteur, qui descend le courant, change complètement le cours de ses idées. Elle s'accoude au parapet, le menton appuyé sur la paume de ses mains, et laisse son regard errer dans le sillage du bateau.

« Ce que ça me plairait d'aller faire une croisière en mer ! Je m'assoirais sur le bord du pont en laissant mes pieds tremper dans l'eau. Je mettrais un grand chapeau de paille rouge, un short jaune, un sweater mauve. J'aurais des lunettes en plastique noir pour regarder les mouettes blanches... J'aurais un équipage composé uniquement de vieux pirates, avec des grandes barbes et des tatouages... Ce serait ravissant !... »

— Tu viens, Ficelle ?

— Oui, je vous suis... « Ah ! la Méditerranée !... les vagues, l'écume... le ciel bleu... la mer verte... Ah ! vivement les vacances !... On n'a pas de devoirs à faire... On peut se balader sur la plage, ou pêcher des crabes dans les rochers, ou prendre des bains de soleil... »

Cependant, les trois amies poursuivent leur chemin.

— Vous allez voir, explique Isabelle, l'album que je suis en train de faire. J'ai pris un grand cahier de papier blanc, avec une belle couverture rouge et une étiquette marquée Fantômette. Et dedans je colle toutes les coupures de journaux où l'on parle d'elle. C'est passionnant, vous savez !

— Tiens, dit Boulotte, moi je fais à peu près la même chose, mais avec des recettes de cuisine. Seulement, je me sers de mon cahier de textes.

— Et si Mlle Bigoudi s'en aperçoit ?

— Bah, pourquoi s'en apercevrait-elle ? Elle regarde tous les cahiers, sauf celui-là. J'ai déjà copié vingt-cinq recettes, tu sais ? Tiens, hier j'ai copié la manière de préparer les aubergines à la sévillane. Vous savez comment on s'y prend ? On les coupe en longueur en quatre ou cinq tranches, on les met dans une poêle avec de l'huile d'olive et on les fait cuire. Ensuite on prend deux ou trois grosses tomates que l'on pèle, et puis...

— Où est donc la grande Ficelle ? coupe Françoise.

Les deux autres se retournent.

— Tiens, elle n'est pas là ? Elle a dû rester en arrière...

Elles reviennent sur leurs pas jusqu'au pont Bidule, où elles retrouvent la grande Ficelle toujours accoudée, contemplant l'eau rêveusement. Françoise lui touche l'épaule. L'autre sursaute.

— Eh bien, que fais-tu là ? Encore dans la lune ?

— Heu... non, je pensais aux vacances...

— Ah ! évidemment, c'est plus intéressant que les stratifications du Bassin parisien. Allons, dépêchons-nous ! Tu sais que tu dois copier pour demain le verbe « Ne pas oublier d'apporter son cahier de sciences naturelles » !

— Ah là là ! Ne me parle pas de ça, tu me rends malade !

Et la grande fille se lance dans de nouvelles

imprécations à l'adresse de Mlle Bigoudi. Quelques minutes plus tard, les quatre amies entrent dans le pavillon du professeur Potasse.

— Venez dans ma chambre, dit Isabelle, je vais vous faire voir mes albums.

Elles grimpent à l'étage et pénètrent dans la chambre d'Isabelle, entièrement rose et ornée de petites fleurs peintes au pochoir. Le sol, le lit et les meubles sont recouverts de journaux et d'articles découpés. Sur une table s'empilent des albums confectionnés à grand renfort de ciseaux et de colle. Françoise regarde un titre : « Perroquets ».

— Tu collectionnes les photos de perroquets ?

— Ah ! pas seulement ça. Les photos d'ours aussi, et de singes. Et les monuments historiques, les phares, les moulins et les vieux châteaux. Et ça c'est un album avec des portraits d'hommes politiques. Regarde s'ils sont laids ! Plus affreux les uns que les autres... Et là, c'est une collection de chapeaux découpée dans une revue de mode.

Boulotte cesse de croquer un cornichon sec pour examiner les collages.

— Tu n'as rien sur la cuisine ?

— Ah ! non...

— Bon. Je t'apporterai des photos en couleurs de plats cuisinés. Tu verras, ça donne faim rien qu'à les regarder.

— Et cet album sur Fantômette, demande Françoise, où est-il ?

Isabelle exhibe un grand cahier à couverture rouge.

— Le voilà. Tu vois, j'ai copié tous les articles qui ont paru depuis trois mois. Voilà le premier : *Une étrange arrestation*.

Françoise lit l'article :

Ce matin, vers huit heures, le brigadier Pivoine, qui était de service au commissariat de Framboisy, recevait une communication téléphonique dont la nature l'intrigua. Une voix jeune et féminine lui annonçait qu'un saucisson l'attendait dans la cabine téléphonique de la place Victor-Hugo. Flairant un mystère, le brigadier a prévenu son supérieur, le commissaire Malabar. Avec la perspicacité qui le caractérise, le commissaire a jugé que la nouvelle était d'importance, quoique ressemblant beaucoup à une farce. Afin de s'en assurer, il a dépêché sur les lieux un car d'agents. Lesquels, ayant ouvert la cabine en question, y ont trouvé sinon un saucisson, du moins un homme dont l'aspect s'en approchait. Il était soigneusement et étroitement ligoté au moyen d'une fine cordelette. Le brigadier Pivoine a découvert, fixée par une épingle au veston de l'individu, une carte de visite portant un nom étrange : Fantômette. L'homme, bien connu dans les milieux de la pègre sous le surnom de La Fripouille, est actuellement interrogé par la police. Il était en train de commettre un cambriolage dans un immeuble de la rue Gambetta, quand il vit surgir devant lui une silhouette de jeune fille masquée, enveloppée d'une cape noire. Avant d'avoir eu le temps de réagir, il fut mis knock-out par deux coups de poing, l'un à l'estomac, l'autre à la mâchoire. Il ne se réveilla que dans la cabine téléphonique. L'enquête se poursuit pour déterminer l'identité de la mystérieuse Fantômette.

Isabelle tourne la page. Un croquis apparaît, tracé à l'encre de Chine, représentant une sorte de diable noir, de Méphistophélès masqué dont les bras étendus maintiennent ouverte une grande cape en forme d'aile de chauve-souris. L'infernal personnage a de longs cheveux noirs flottant au vent.

— Quel est ce démon ? s'enquiert Françoise avec curiosité.

— C'est Fantômette. Je l'ai dessinée d'après les descriptions des articles. Tu crois que c'est ressemblant ?

— Hum... Je ne peux pas te le dire... En tout cas, c'est presque effrayant !

— Je pense bien ! Rien qu'à la voir, les bandits doivent s'évanouir de peur ! Tiens... Que se passe-t-il ? C'est tonton qui crie ?

Elle se met à la fenêtre et regarde vers le bas.

Le professeur Potasse court dans le jardin en poussant des cris.

— Mon Dieu ! Il lui est arrivé quelque chose !

Abandonnant les albums, les quatre amies dégringolent l'escalier et se précipitent au-devant du professeur. Celui-ci s'arrête en soufflant comme un phoque et sort son mouchoir pour s'éponger le front.

— Que t'arrive-t-il, tonton ?

— Ah ! c'est affreux, c'est épouvantable !

— Quoi donc ?

— Les plans... les plans de la tuyère...

— Oui, eh bien ?

— Volés ! Quelqu'un les a volés ! Ils ont disparu !

Isabelle secoue la tête.

— Tu es sûr ? Avec le fouillis qu'il y a dans le laboratoire, ils sont peut-être égarés dans un coin.

— Mais non, pas du tout ! Le dossier était dans l'armoire aux plans. Un dossier à couverture de cuir noir. Je l'ai encore consulté hier après-midi. Ah ! quelle histoire !

Mais Isabelle tient à son idée.

— Il doit être dans quelque coin. Allons voir.

Les quatre jeunes filles et le savant longent l'allée centrale qui traverse le jardin, passent sous la tonnelle et se dirigent vers le hangar. Isabelle demande :

— La porte a-t-elle été fracturée ?

— Je ne crois pas. Quand j'ai ouvert, le cadenas était intact.

— Tiens, tu vois bien qu'on ne t'a rien pris. Si un voleur était venu, il aurait défoncé la porte.

— Mais pourtant, les plans ne sont plus là !

Ils entrent dans le laboratoire. Le professeur désigne l'armoire d'un geste désespéré. Il a éparpillé tous les dossiers sur les établis. Des papiers, des chemises jonchent le sol.

— Voilà une heure que je fouille, et rien ! Le dossier de la tuyère s'est envolé !

Isabelle se gratte la joue d'un air perplexe. La grosse Boulotte renifle une branche de thym. Perchée sur son épaule, Mimosa remue le museau. Françoise sort une petite glace de poche et arrange ses boucles brunes. Quant à la grande Ficelle, le nez allongé vers les poutrelles du toit, l'œil perdu dans des visions lointaines, elle semble parfaitement absente. Le savant se croise les bras et déclare, scandant ses mots :

— Je sais d'où vient le coup ! Je n'ai pas de preuves, mais je sais ! Ceux qui s'intéressent à mon invention, je les connais. Ils m'ont déjà proposé d'acheter la licence de fabrication de ma tuyère. Devant mon refus, ils ont trouvé plus simple de voler mes plans !

— L'état-major de Névralgie ?

— Hé oui, ma petite Isabelle. Je crains bien que ce ne soient eux.

— Mais... on peut prévenir la police... porter plainte.

Le savant secoue tristement la tête.

— Je n'ai aucune preuve. Je ne peux rien faire. Et songe aux incidents diplomatiques que cela pourrait créer. Accuser un pays étranger de vol ! Non, j'ai bien peur qu'il n'y ait pas de solution.

— Bah, tout n'est pas perdu. Tu as toujours la tuyère et la fusée. Tu peux reconstituer les plans.

— Oh ! que j'aie les plans ou non, cela n'a aucune importance. Je sais comment elle est faite, la fusée. Et les plans, je les ai dans ma tête. Mais ce qui est grave, c'est que d'autres vont maintenant s'en servir comme d'une arme meurtrière !

Isabelle tape du pied.

— Il doit y avoir un moyen de récupérer ces plans ! Il faut faire une enquête, chercher des indices !

— Quels indices ? demande Françoise.

— Des bouts de mégots, des boutons de pardessus, des cheveux, ou des boîtes d'allumettes vides... Des tas de trucs qu'on regarde à la loupe. Attendez-moi, je vais aller chercher la loupe qui me sert à regarder les timbres-poste.

— Ah ! tu collectionnes aussi les timbres ?

— Bien sûr. Je te ferai voir mon album.

Elle part au galop et revient au bout d'une minute avec une énorme loupe à la Sherlock Holmes. Elle se met aussitôt à quatre pattes pour examiner le plancher. Françoise la regarde d'un œil ironique. Boulotte caresse la tête de la souris en essayant de se rappeler la recette du salmigondis à la napolitaine. Le professeur s'est laissé choir sur le siège éjectable et paraît accablé. La grande Ficelle est toujours perdue dans ses rêveries. Au bout d'un moment, Isabelle se relève d'un bond en s'écriant :

— Ça y est, je tiens un indice ! Avec ça, nous allons peut-être réussir à retrouver le voleur ! Regardez !

Elle pose au creux de sa main une miette d'une substance qui ressemble à du pain.

— Qu'est-ce que c'est ? s'enquiert Françoise.

— Un petit morceau de biscotte. *Le voleur a mangé une biscotte ici.*

— Bah, qui te dit que c'est le voleur ?

— C'est évident. Ni mon oncle ni moi ne mangeons de biscottes. Comment ce morceau serait-il venu ici ? Il est venu parce que le voleur l'a apporté ! Hein, que dites-vous de ma déduction ?

La ronde Boulotte hausse les épaules. Elle sort la main de sa poche et l'ouvre : elle est pleine de morceaux de biscotte.

— Ça vient de ma poche. Hier, quand nous sommes venues ici, j'en ai fait manger à Mimosa, et quelques bribes sont tombées par terre.

— Oh !

Très dépitée, Isabelle prend un air boudeur. Puis une idée lui traverse soudain l'esprit.

— Il y a peut-être des indices à l'extérieur.

Elle sort du hangar et arpente le jardin, courbée en deux comme un Indien flairant une piste. Elle revient sur ses pas, repart, s'arrête, se baisse. Elle examine à la loupe les plants de framboisiers, se gratte le menton, puis s'en va contempler l'Ondine. Elle repart vers le pavillon qu'elle contourne, se penche sur la clôture. Finalement elle retourne vers ses amies et annonce d'un air triomphant :

— Et voilà, ça y est !

— Tu as retrouvé les plans ? demande Françoise.

— Non, mais je sais ce qui s'est passé.

— Ah ! très bien ! Et que s'est-il donc passé ?

— Voilà. Il y avait deux voleurs.

— Deux voleurs ?

— Oui. Ils ont laissé des traces de pas sur les plates-bandes du jardin.

— Bon. Ensuite ?

Isabelle lève un index professoral et déclare en imitant la voix de Mlle Bigoudi :

— Mesdemoiselles, vous voudriez sans doute apprendre d'où venaient les voleurs, et par où ils sont partis ? Je m'empresse de vous satisfaire. Ils venaient de la rivière et sont partis par la route en franchissant la clôture.

— Ah ! dit Françoise, très bien ! Belle déduction !

— Ne te moque pas de moi ! Écoute un peu. Si tu te donnes la peine d'examiner les traces de pas, tu verras que les marques de talons sont du côté de la rivière, et la pointe des semelles en direction du pavillon et de la route. Donc les deux bommes venaient de l'Ondine, sans doute en bateau. Ils ont volé les plans et sont partis en sautant la clôture, sur laquelle j'ai trouvé des traces de boue. C'est la terre du jardin qui a collé à leurs semelles.

— Excellent. Tu devrais t'établir détective. Ensuite ?

— Ensuite ? Heu... C'est tout. Ce n'est déjà pas mal, non ?

Sur ces entrefaites apparaît Marie, porteuse d'un gâteau et d'une carafe de citronnade. Le professeur est convié au goûter, mais il n'a pas le cœur d'y participer. Il semble très abattu et va s'enfermer dans sa chambre.

— Ton oncle se fait du mauvais sang, dit Françoise.

— Oui, et ça m'ennuie de le voir triste. Je vais lui dire de m'emmener au cinéma, ce soir. Cela lui changera les idées.

— Ah ! s'écrie la grande Ficelle en s'éveillant subitement, il y a un film magnifique à l'Impérator. ça s'appelle *La Princesse et le Berger*.

— Mais non, dit Isabelle, c'est *Le Prince et la Bergère*.

— Ah, tu crois ?

— Oui. Et, d'ailleurs, ça passait la semaine dernière. Cette semaine, le programme est changé. C'est *Le Roi du Texas*.

— Oh ! alors j'irai le voir. J'aime bien les films historiques, avec des rois et des reines...

— Mais ce n'est pas un film historique, voyons ! C'est une histoire de cow-boys et d'Indiens !

— C'est vrai ? Alors c'est encore mieux ! J'adore les cow-boys. J'irai ce soir.

— Et ton verbe à copier ?

— Ah oui ! je n'y pensais plus ! Ah ! je la retiens, Mlle Bigoudi ! Je commence à en avoir assez, de copier des verbes et des leçons ! Il va falloir que je lui mijote une petite vengeance bien fignolée.

Et la grande Ficelle s'envole dans une rêverie où l'institutrice est soumise à des tortures et supplices chinois les plus terribles...

chapitre 5

Second cambriolage

Fantômette éteint la lampe électrique qu'elle accroche à sa ceinture. Elle soulève le léger kayak pliant qu'elle vient de monter et le dépose sur la surface noire de l'Ondine. Elle s'y installe, saisit la pagaie double qu'elle plonge silencieusement dans l'eau. La fine embarcation se faufile entre les roseaux de la rive, s'en dégage, et, croisant le courant, pique droit vers la rive opposée, à une vitesse telle que la traversée ne demande que quelques dizaines de secondes. À l'arrivée, d'autres touffes de roseaux dissimulent le kayak d'où Fantômette saute, escaladant le talus d'un bond. Avec une souplesse de félin, elle se glisse le long du laboratoire. Elle jette un coup d'œil vers le pavillon. Tout est éteint.

Elle consulte le cadran lumineux de sa montre : onze heures. Le professeur et sa nièce doivent être au cinéma.

La jeune aventurière s'avance jusqu'au pied de l'échelle qui est toujours appuyée contre le tronc du chêne. Elle regarde autour d'elle : personne. La nuit est d'ailleurs fort noire. En un éclair, elle atteint la branche basse qui surplombe le hangar. D'un coup d'épaule, elle rejette en arrière sa cape de soie noire, puis s'avance en marchant à quatre pattes sur la branche, aussi facilement que l'eût fait une panthère. Elle descend sur le toit du hangar, puis soulève le châssis du vasistas qu'elle maintient ouvert au moyen d'une tige de fer prévue à cet effet. Elle allume sa lampe, la cale entre ses dents, et s'introduit dans l'ouverture. Ses pieds se posent sur une des poutrelles qui soutient le toit. Elle jette un coup d'œil vers le bas.

— C'est rudement haut ! Je vais descendre autant que je pourrai.

Elle se couche sur la poutrelle puis laisse son corps pendre dans le vide, en se soutenant uniquement par les mains. Ses pieds ne sont plus qu'à trois mètres du sol.

— Il s'agit de bien viser, maintenant. Je ne tiens pas à plonger dans le baquet d'eau.

Elle se déplace un peu en se balançant, de manière à surplomber un espace dégagé.

— Un, deux, trois... Lâchez tout !

Elle se laisse tomber sur le plancher qui la reçoit sans un craquement.

— Et maintenant, au travail !

Elle dégrafe la lettre F en or, ouvre son corsage d'où elle tire le dossier à couverture noire. Elle sort d'une petite poche une carte de visite où elle inscrit quelques mots, glisse la carte dans le dossier qu'elle met dans l'armoire aux plans, sur la première pile de documents. Puis elle dirige le faisceau de sa lampe vers les étagères où sont fixées les inventions du professeur Potasse, surmontées de leur pancarte : « Pendule à trois cadrans », « Ouvre-boîtes à musique », « Pompe à eau », « Tuyère de la fusée », « Extincteur à trompette »...

Un sourire se dessine sous le masque de l'aventurière.

— L'extincteur à trompette... Voilà qui fera l'affaire.

Elle tire le poignard de sa ceinture, fait sauter les punaises qui retiennent les pancartes et se livre à un mystérieux travail.

— Parfait ! Et maintenant...

Elle dresse l'oreille. Il lui semble entendre un bruit de voix.

— Diable ! Serait-ce déjà nos deux gros vilains ?

Elle n'a pas le temps de s'interroger davantage. Une clef vient d'être introduite dans le cadenas. Fantômette éteint sa lampe et bondit vers le fond du laboratoire. Elle a à peine le temps de se dissimuler derrière le baquet. Déjà la porte s'ouvre. Kafar et Bébert font leur entrée. Le premier paraît de fort mauvaise humeur.

Il grommelle :

— J'espère que ça va marcher un peu mieux que la nuit dernière ! Mille pétards ! les oreilles me sonnent encore du savon que nous a passé le colonel Pork !

— En effet, dit Bébert, il n'était pas très content, le colonel.

— Tu veux dire qu'il était furieux ! Si jamais cette Fantômette me retombe entre les mains, elle passera un mauvais quart d'heure !

« Me voilà prévenue », pense Fantômette.

L'étranger allume une cigarette avec son briquet qu'il referme d'un coup sec.

— Et maintenant, dépêchons-nous. Vois si tu trouves cette tuyère.

Bébert déplace le faisceau de sa lampe à travers le laboratoire. La lumière accroche l'armoire aux plans, les étagères, la pendule, la pompe, puis s'arrête sur un objet formé d'un tube peint en rouge et muni d'une sorte de cône évasé comme le canon d'un tromblon. Au-dessus de l'étagère, un carton porte l'inscription « Tuyère de la fusée ».

— Parfait, dit Kafar, nous n'avons plus qu'à rapporter ça au colonel Pork, et cette fois il sera satisfait.

Il sort du hangar. Derrière lui, Bébert s'apprête à refermer la porte. Un cliquetis de ferraille se produit soudain.

— Oh ! oh ! Que se passe-t-il ?

Rapidement Bébert dirige sa lampe vers le point d'où provient le bruit.

— Ah ! c'est encore ce chat ! Il est sur l'établi. Allez, Minou, sors de là !

— Tu ne vas pas perdre ton temps pour un chat, grogne Kafar, laisse-le où il est ! Eh bien, qu'attends-tu ?

Immobile, Bébert paraît hypnotisé.

— Alors, tu viens ?

— Regarde, là, derrière cette espèce de barrique...

— Pétard !

Fantômette se mord les lèvres.

« Ça y est, je suis repérée ! À cause de ce maudit chat ! »

Les deux hommes s'avancent lentement vers elle.

— Sortez de là, ordonne Kafar. Haut les mains !

Fantômette se lève et contourne le baquet, les mains en l'air.

— Tiens, tiens ! C'est notre jeune amie de la nuit dernière... Notre inconnue sortie tout droit d'un bal masqué... Nous allons pouvoir régler quelques dettes, n'est-ce pas ? Je dois vous rendre la monnaie de votre pièce, ou plus exactement de la bosse que vous avez faite à mon front en me lançant le revolver.

— Ah ! dit Fantômette joyeusement, je craignais de vous avoir raté !

— Silence, effrontée ! Et maintenant je vais vous poser quelques questions.

— Ce sera long ?

— Possible. Cela dépendra de vous.

— Alors, cher monsieur, permettez que je m'asseye.

Et Fantômette prend place dans un fauteuil. Kafar la menace du revolver.

— Ne jouez pas au plus fin avec moi, cela vous coûterait cher ! Et maintenant, répondez. Pourquoi vous occupez-vous de mes affaires ? Pourquoi avez-vous volé les plans ?

— Et vous, pourquoi les avez-vous volés au professeur ?

— Silence ! C'est moi qui pose les questions. Pour qui travaillez-vous ? Pour un service d'espionnage ?

— Non, pour la gloire et le plaisir de vous voir faire une tête d'enterrement !

— Mille diables ! Je n'ai jamais vu une pareille effrontée !

— Je vais lui aplatir le nez avec une clef anglaise, grogne Bébert.

— Alors, reprend Kafar, vous ne voulez décidément pas me dire pour le compte de qui vous travaillez ?

Pour toute réponse, Fantômette lui tire la langue. Bébert s'approche pour la frapper d'un coup de clef. À la même seconde, elle abat son bras droit sur l'accoudoir. Il y a une explosion, un nuage de fumée bleuâtre, et Fantômette bondit au plafond en même temps que son siège ! Elle attrape au vol une poutrelle et disparaît à travers le vasistas, tandis que le fauteuil retombe lourdement sur le crâne de Bébert !

— Mille millions de pétards ! hurle Kafar. Quelle est cette invention diabolique ?

Il ramasse la lampe qu'il avait laissée tomber sous l'effet de la surprise et éclaire Bébert qui gémit en se frottant la tête.

— Hou là là ! Ouille ! Que s'est-il passé ?

— Je n'y comprends rien. Mais je vais la rattraper cette fille, sois tranquille !

Il se rue au-dehors, éclaire le toit du hangar. Il perçoit un léger clapotis. Sur l'Ondine, une sorte de trait noir s'éloigne en glissant, incroyablement vite. Le bandit tire un coup de feu au jugé. Un lointain éclat de rire lui répond. Alors il tire les cinq cartouches du barillet. Le rire cesse. Il rempoche son arme avec un soupir de satisfaction et revient au laboratoire. Bébert en sort en titubant, tenant d'une main la tuyère, se frottant le crâne de l'autre.

— Tu as la tuyère ? C'est parfait.

— Parfait ? pleurniche Bébert. Si tu avais reçu comme moi un autobus sur la tête, tu ne dirais pas cela !

Les deux hommes s'approchent de la rivière et embarquent. Kafar tend les rames à son complice en disant :

— Tiens, tu vas ramer. Cela te fera passer ton mal de tête.

*

* *

— C'était un beau film, hein, tonton ?

— Bah, ma petite Isabelle, c'est un film de cow-boys comme on en faisait de mon temps. Ce sont toujours les mêmes chevaux et les mêmes Indiens. Mais maintenant il y a le son, la couleur et l'écran géant.

Il fait nuit. Le professeur Potasse et sa nièce rentrent chez eux après la séance de cinéma. Ils atteignent la grille de la clôture lorsque retentit une série de détonations.

— Des coups de feu ! s'écrie Isabelle. C'est peut-être tes voleurs qui reviennent !

Elle entre et s'élance en direction du jardin.

— Du calme ! De la prudence ! crie le professeur en courant à sa suite, après s'être armé d'un râteau.

Isabelle traverse le jardin et entre dans le hangar dont elle a trouvé ouverte la porte.

— On dirait qu'il n'y a personne...

Le professeur entre à sa suite, tourne un bouton électrique.

— Ah si ! il y a quelqu'un !

Tranquillement assis sur l'établi, le chat se débarbouille. Étonné, le professeur lève un sourcil.

— Que fait-il là, ce citoyen ? Ce n'est tout de même pas lui qui a ouvert la porte et tiré des coups de revolver ?

Isabelle s'approche de l'animal, lui caresse la tête. Le chat fait le gros dos en ronronnant. Elle va pour le prendre dans ses bras, quand son regard se porte vers un angle du laboratoire.

— Regarde, tonton ! Le siège éjectable !

Le fauteuil gît sur le sol, renversé.

— Sapristi ! Mais que fait-il là ? Qui l'a fait fonctionner ? C'est incompréhensible...

Une idée traverse soudain le cerveau du savant. Il se précipite vers l'armoire aux documents, l'ouvre en grand. Une exclamation jaillit de sa bouche.

— Ah ! par exemple ! Le dossier noir ! les plans de la tuyère ! On les a remis en place !

Il ouvre le dossier. Une carte de visite est épinglée à la première page. Elle porte ces mots :

Fantômette
est heureuse de
vous faire rentrer
en possession de
vos plans
et vous conseille
à l'avenir
de veiller sur eux
un peu plus
attentivement.

Le professeur tend la carte à sa nièce.

— Qu'est-ce que c'est, tonton ?

— Regarde toi-même...

Isabelle lit la carte, bouche bée de stupéfaction.

— Fantômette ! Incroyable ! C'est elle qui a récupéré les plans ? Mais alors, elle s'occupe de nous, elle court après tes voleurs ? C'est fantastique, c'est merveilleux ! C'est... Que regardes-tu ? Qu'y a-t-il ?

Le professeur pointe le doigt vers l'étagère en la regardant d'un air stupéfait.

— Là... cette étagère vide... *Ils ont volé l'extincteur à trompette !*

*

* *

Kafar se frotte les mains avec une évidente satisfaction.

— En route ! dit-il d'un ton jovial. Voilà une excellente petite soirée. La tuyère récupérée, notre ennemie supprimée... c'est parfait !

La Mercedes noire se met en route, longeant les rives de l'Ondine en s'éloignant de Framboisy. Elle franchit la rivière sur un pont de pierre, le pont Pabras, roule encore quelques centaines de mètres et s'arrête le long d'un quai où sont entreposés des matériaux de construction. À ce quai est également amarré le yacht blanc qui avait fait rêver la grande Ficelle. Un peu en retrait du quai, à côté d'une haute trémie à sable, s'élève une maison inachevée composée seulement de la maçonnerie et du toit. Les fenêtres en sont obstruées par des planches.

Bébert éteint les phares de l'auto et descend. Il se penche vers la banquette arrière, soulève la tuyère qu'il met sous son bras. Kafar descend à son tour, allume une autre cigarette, et les deux hommes se dirigent vers la maison en construction. Ils doivent enjamber des tas de briques et des sacs de ciment pour y pénétrer. Il n'y a pas d'escalier. Une échelle de maçon les amène au niveau du premier étage, dans lequel une trappe leur permet de surgir. Une deuxième échelle les conduit de la même manière au second étage.

L'ameublement de la pièce est des plus sommaires. Une table de bois blanc, une chaise. Sur la table, une boîte à cigares et un grand flacon de cognac.

Sur la chaise : un homme revêtu d'un uniforme militaire, bardé de galons et de décorations. Le colonel Pork.

— Messieurs, bonsoir ! dit-il sèchement. Vous m'apportez ce qui est promis ?

Kafar s'empresse, tout sourires.

— Voici, mon colonel, voici l'objet.

Le colonel le prend, le soupèse, le retourne entre ses mains, l'examinant en détail.

— Bizarre... bizarre...

Il pose la tuyère sur la table, jette au sol son cigare qu'il écrase d'un coup de talon. Puis il en choisit un neuf dans le coffret, coupe le bout d'un coup de dent, l'allume et en tire d'épaisses bouffées de fumée qui paraissent sortir d'un cratère volcanique.

— C'est étrange... Cela ne correspond pas du tout à ce que j'attendais... Cet engin est en aluminium, alors qu'une tuyère est toujours en acier... Et ce bouton, à quoi peut-il bien servir ?

Il appuie sur le bouton. Il se produit alors un fait extraordinaire : un jet de vapeur blanche jaillit du cône, tandis que retentit un assourdissant hurlement de trompe de pompiers. « Pin-pon !... pin-pon !... pin-pon !... »

Le colonel lâche l'appareil qui roule sur le sol en continuant de lancer de la fumée et des coups de trompe stridents.

— Bande de maladroits ! Bons à rien ! Vous m'avez apporté un extincteur ! Un extincteur qui joue de la trompette ! A-t-on jamais vu de pareils singes empaillés ? Je vous ferai pendre, moi ! Je vous ferai rôtir ! Par mes bottes, je vous ferai étriper vifs ! Et vous prétendez faire de l'espionnage ? Laissez-moi rire ! Vous n'êtes que des espions de pacotille, parfaitement, de pacotille ! Quand je pense que le gouvernement de Névralgie fait confiance à de pareils incapables... C'est renversant !

Au comble de l'exaspération, il arrache son col et se jette sur la bouteille de cognac qu'il vide à grands flots dans son gosier. En haut de l'échelle, sous la trappe, Fantômette se tient les côtes pour ne pas éclater de rire. Elle est venue là de la manière la plus simple du monde : en se cachant dans le coffre de la Mercedes.

Un peu calmé par la cascade d'alcool, le colonel ordonne, en tapant du poing sur la table :

— Vous allez retourner chez le professeur et vous procurer la vraie tuyère, ou les plans. Si vous ne m'apportez pas cela demain à minuit, vous serez transférés en Névralgie pour y être soit pendus, soit fusillés, soit les deux !

« Bon, pense Fantômette, ce n'est pas le moment de prendre racine ici. »

Elle dégringole l'échelle et court se réinstaller dans le coffre de l'auto. Quelques instants plus tard, le véhicule se met en marche et reprend la direction de Framboisy. Au bout de dix minutes, il s'arrête. La jeune aventurière entend la porte claquer, puis c'est le silence. Elle risque un coup d'œil hors du coffre. La voiture est garée devant un petit hôtel. Une enseigne défraîchie porte un nom : « Hôtel du Chat-qui-louche ». Fantômette sort du coffre sans faire de bruit et s'éloigne rapidement. Sa silhouette noire se fond dans la nuit.

chapitre 6

Les malheurs de Ficelle

La grande Ficelle porte la main à son front pour se protéger des rayons du soleil. Elle hurle :

— La barre à bâbord ! Hissez toute la toile ! Larguez les ris ! Allons, moussaillons, aux écoutes de grand-voile !

Elle se croise les bras, observe le pont de son regard d'aigle. Les matelots s'affairent à la manœuvre, tirant sur les drisses, escaladant les échelles de corde ou virant au cabestan en ponctuant leurs efforts de grands cris cadencés.

Une bonne brise gonfle les voiles. *La Splendeur des Océans* file ses huit nœuds, cap sur la Jamaïque, laissant en poupe un sillage d'écume blanche. Perchée toute droite sur la dunette, la grande Ficelle scrute l'horizon. La mer est verte, le ciel est bleu. Quelques mouettes planent autour des mâts. La grande Ficelle met ses mains en porte-voix et crie :

— Tranchebarbe, fais monter la prisonnière !

— Bien, capitaine !

Suivi de deux hommes armés de pistolets, le maître d'équipage descend par une écoutille en direction de la cale. Après quelques instants, il remonte en poussant Mlle Bigoudi avec la pointe de son sabre.

— Attachez-la au grand mât ! ordonne la grande Ficelle.

Mlle Bigoudi est rapidement ficelée au moyen d'une grosse élingue.

— Parfait ! Maintenant, cinquante coups de fouet !

Le maître d'équipage retrousse les manches de son justaucorps et se met à frapper avec vigueur... Un ! deux ! trois ! quatre ! cinq ! six ! sept ! huit !

— Huit, mesdemoiselles. Un octogone a huit côtés. Mademoiselle Ficelle, combien un octogone a-t-il de côtés ? Vous êtes encore dans la lune ! Combien un octogone a-t-il de côtés ?

— Heu... huit ?

— Ah ! tout de même ! Tâchez d'être un peu plus attentive à ce qui se fait en classe... Donc un octogone a huit côtés. Mais il existe d'autres sortes de polygones. Vous vous demandez sans doute lesquels ?

« Oh ! là ! là ! pense Ficelle, je me demande surtout quand la classe sera finie ! »

Elle est sur le point de replonger dans ses rêveries, quand elle sent qu'on lui touche le dos. Elle se retourne. Sa voisine de derrière lui glisse un papier. Elle déploie aussitôt son plus gros cahier et, à l'abri de ce pare-regard, elle prend connaissance du message – fabrication Isabelle – qui est évidemment chiffré et commence par ces mots : *« Forme y Diable ! »*

« Ah ! pense Ficelle, qu'est-ce qui peut bien être formidable ? »

Elle lit la suite : *« Fente-Omelette-Eve-Nue-7-Nuit-Allah-Ville-Ah ! ! -2-Monocle-Aile-A-Rat-Porc-Thé-Lait-Plans-2-La-Tu-Hier- Lève-Oh ! -Leur-On-Temps-Porc-Thé-Laisse-Teinte-Heure-Ah ! – Tronc-Paître. »*

— Je ne comprends pas le quart du dixième de ce qu'elle a écrit. Tiens, Françoise, regarde !

Françoise Dupont prend le message qu'elle lit d'un trait :

« Fantômette est venue cette nuit à la villa de mon oncle. Elle a rapporté les plans de la tuyère. Les voleurs ont emporté l'extincteur à trompette. »

Cette intervention inattendue de Fantômette plonge la grande Ficelle dans le ravissement et lui fournit un sujet de méditation qui l'éloigne une fois de plus des polygones réguliers.

Pendant ce temps, un événement important se déroule dans le fond de la classe. La gourmande Boulotte se penche vers Isabelle :

— Dis donc, quelle heure est-il ?

— Onze heures.

— Bon, c'est l'heure du repas de Mimosa.

La gastronome sort la souris de sa poche et la dépose dans son casier. Puis elle prend dans son cartable une boîte d'allumettes qu'elle ouvre. Une sorte de purée rose apparaît.

Elle explique :

— C'est le hors-d'œuvre. De la mousse

d'York à la hawaïenne. On prend une tranche de jambon que l'on réduit en purée, à laquelle on mélange un tiers d'œuf dur et une cuiller de mayonnaise.

— Et c'est bon ?

— Je pense bien ! Mimosa adore ça ! Regarde-la... elle se régale ! Maintenant, je vais lui servir un entremets du chef à la périgourdine.

Elle plonge la main dans son cartable. Elle en retire une autre boîte d'allumettes dont elle sert le contenu à Mimosa, tout en exposant à Isabelle la recette de ce plat de choix. Puis Mimosa se voit offrir un dessert, à base de petit-suisse, qui était renfermé dans une troisième boîte.

— Elle doit avoir soif, maintenant. Je vais lui donner son lait vitaminé.

Boulotte retire de son cartable un petit gobelet en plastique et une minuscule bouteille de lait provenant d'une dînette. Elle va pour remplir le gobelet, quand une silhouette menaçante se dresse dans l'allée.

— Mademoiselle Boulotte, qu'êtes-vous en train de faire ?

Surprise, la grosse fille renverse le gobelet dont le contenu se répand sur le pupitre.

— Combien de fois devrai-je vous rappeler qu'il est interdit d'apporter en classe des objets étrangers au cours ? À mon grand regret, je me vois obligée de vous infliger une punition analogue à celle que je donne à Mlle Ficelle. Vous me copierez donc le verbe « Ne pas apporter de bouteille de lait en classe », à tous les temps et à tous les modes.

Puis elle retourne à son bureau. Boulotte pousse un soupir en grognant :

— Encore heureux qu'elle n'ait pas découvert Mimosa ! Elle me l'aurait confisquée ! L'ennui, c'est que ma souris n'a pas eu à boire. Ça va lui faire mal à l'estomac ! Tu ne crois pas ?

Mais Isabelle ne répond pas. Elle vient de se rappeler que *France-Matin* a publié un article passionnant sur la culture des raviolis dans le Kamtchatka. Elle sort le journal de son casier et cherche la page où se trouve l'article. Mais elle n'a pas le temps de le lire. Une main apparaît dans l'espace, qui saisit le journal. Au bout de cette main est un bras et au bout de ce bras se trouve Mlle Bigoudi qui lance des paroles foudroyantes.

— Mademoiselle Potasse, vous n'avez donc pas entendu ce que je viens de dire à votre camarade ? La seule lecture autorisée est celle de vos livres de cours. Vous aurez la même punition que Mlle Ficelle. Vous me copierez le verbe « Ne pas apporter de journal en classe » à tous les temps et à tous les modes... Reprenons notre étude de la fleur. Nous avons vu que le calice est formé par un nombre variable de sépales...

— Décidément quelle calamité, cette Miss Bigoudi ! murmure Isabelle entre ses dents.

— Oui, dit Boulotte, il lui faudrait à elle aussi une punition exemplaire !

— Il faudrait mijoter une grosse vengeance.

— Ah ! j'ai une idée ! À la maison, il y a des petits-suisses, comme celui que j'ai donné à Mimosa. Je vais en rapporter cinq ou six et les étaler sur la chaise de Mlle Bigoudi. Quand elle s'assoira...

— Ah oui ? Parce que tu crois qu'elle va

s'asseoir sur une chaise noire enduite de fromage blanc ?

— Ça n'irait pas, alors ?

— J'ai l'impression que ça n'irait pas, non.

— Attends, je vais demander à Françoise et à Ficelle si elles ont des idées.

Un nouveau message est rédigé et envoyé vers l'avant. Ficelle le reçoit et en prend aussitôt connaissance :

« Caisse-Kif au Fer-Pour ce Vent-J'ai de Big ou 10 ? »

La grande Ficelle réfléchit et propose dans sa réponse : *« Maître-2-Lac-Raie-Dansons-Ancre-Yé. »*

Isabelle lit le texte avec étonnement.

— *« Mettre de la craie dans son encrier »* ? Mais cette pauvre Ficelle est tombée sur la tête ! Mlle Bigoudi n'a pas d'encrier, elle se sert d'un stylo à plume, comme nous autres !

La sonnerie de la récréation interrompt la correspondance des conspiratrices. La classe est évacuée et les quatre amies se retrouvent, spontanément réunies dans un coin de la cour.

— Je suis furieuse ! s'écrie Isabelle. Elle

m'a pris un journal précieux dans lequel il y avait un article rarissime !

— Et moi, elle m'a substitué le lait de Mimosa !

— Subtilisé, rectifie Françoise.

— Si tu veux. Enfin, elle me l'a pris. Voler la nourriture d'un pauvre animal sans défense. C'est honteux !

— Pendant qu'elle a le dos tourné, on va récupérer notre petit matériel !

Ficelle hésite.

— Et si nous nous faisons prendre ? Il est interdit d'entrer dans la classe pendant la récréation.

— Il faut bien courir le risque, dit Isabelle. Françoise va rester dehors pour faire le guet.

Isabelle, Boulotte et Ficelle s'assurent que l'institutrice regarde d'un autre côté, ouvrent la porte de la classe et se glissent rapidement à l'intérieur.

— Vite, au bureau !

Isabelle pousse un cri de joie : le tiroir n'est pas fermé à clef. Elle s'empare du journal.

— Et voilà, je reprends mon précieux journal et son rarissime article !

— Et moi, la bouteille de lait de Mimosa.

— Maintenant, sauvons-nous ! Tu viens, Ficelle ?

Mais la grande Ficelle se penche sur le tiroir, très intéressée par son contenu.

— Oh ! des balles de toutes les couleurs ! Ah ! oui, ce sont les balles confisquées au cours de l'année... Et des osselets...

— Tu viens ?

— Oui, oui ! Je vous rejoins...

Isabelle et Boulotte sortent de la classe sans avoir été repérées. La grande Ficelle continue son inventaire.

— Tiens, la fameuse trompette qu'elle a confisquée la semaine dernière... Je vais un peu souffler dedans...

Elle en tire deux ou trois « coin ! coin ! » nasillards et la pose sur le bureau à côté des osselets. Puis elle découvre un ourson en peluche, une boîte à musique dont elle fait tourner la manivelle, et enfin un illustré intitulé *Pouponnette chez les Zoulous*.

— Oh ! ça doit être bien !

Elle le feuillette. Une image attire son regard. Pouponnette, juchée sur un canoë, descend à toute allure les rapides du Zambèze, ou du Missouri, ou du Yang-tseu-kiang.

La grande Ficelle se plonge dans la lecture.

Coup de sifflet. Élèves en rang. Mlle Bigoudi ouvre la porte de la classe. Elle aperçoit Ficelle, penchée sur le bureau, le menton sur son poing, fort occupée à dévorer les aventures de Pouponnette.

— Mademoiselle Ficelle, que faites-vous ici ?

La grande fille bondit sur place et rougit comme un régiment de tomates, sans oser répondre.

— Qui vous a permis d'entrer ici ? Non contente de pénétrer dans la classe alors que c'est formellement interdit, vous avez le front de fouiller dans mon bureau et d'y prendre des âneries pour les lire ! Allez immédiatement au piquet, dans le fond de la classe. Dimanche, vous serez en retenue toute la journée. Et je me vois une fois de plus dans l'obligation de vous donner un verbe à copier. Le verbe « Ne pas entrer en classe en dehors des cours », conjugué à tous les temps et à tous les modes.

Penaude, la grande Ficelle traverse la classe. Elle gagne son coin avec autant d'allégresse qu'un bagnard allant casser des moellons de granit. Jusqu'à la sonnerie de midi, elle occupe son esprit en ruminant d'épouvantables idées de vengeance, imaginant que Mlle Bigoudi est successivement embrochée, cuite au four, rôtie, bouillie, salée, fumée, hachée dans une machine et finalement transformée en saucisses, qui plairaient beaucoup à Boulotte !

chapitre 7

L'exécution d'Isabelle

Françoise Dupont fronce les sourcils.

— Isabelle n'est pas là ?

La grande Ficelle se retourne, regarde le troisième banc en arrière. La sphérique Boulotte est seule. À côté d'elle, la place est vide.

— C'est bizarre... Elle a dit qu'elle ne viendrait pas, cet après-midi ?

Ficelle hausse les épaules pour exprimer son ignorance.

— Je sais pas. Elle n'a rien dit du tout.

Françoise touche le coude de Ficelle en désignant le couloir du menton. Le directeur s'approche. Il ouvre la porte et entre. Toutes les élèves se lèvent. Il s'adresse à l'institutrice :

— Mademoiselle Potasse est-elle dans votre classe ?

La maîtresse jette un coup d'œil vers le banc vide.

— Non monsieur le directeur, elle n'est pas venue cet après-midi. Mais elle était là ce matin.

— Bien. Je vous remercie.

Le directeur sort. La grande Ficelle regarde Françoise d'un air interrogateur et chuchote :

— Pourquoi le directeur voulait-il voir Isabelle ?

— Je suppose que le professeur Potasse est venu demander si elle était ici.

—Ah ? Tu crois que le professeur la cherche ?

— C'est probable.

— Ah !

Ficelle s'enfonce dans une de ses profondes rêveries, les yeux perdus dans le vague. Au bout d'un moment, elle demande encore :

— Pourquoi le professeur cherche-t-il sa nièce ?

— Parce qu'elle n'est pas rentrée chez elle, à midi.

— Ah !

Nouvelle rêverie. Du bout de son stylo, la grande Ficelle gribouille dans la marge d'un cahier. Elle hésite un moment, puis s'enhardit à poser une question.

— Dis donc, Françoise ! Pourquoi Isabelle n'est-elle pas rentrée, à midi ?

Françoise reste un moment silencieuse. Puis elle répond à voix très basse :

— *Parce qu'elle a été enlevée.*

— Allons chez le professeur Potasse, dit Françoise.

— Vite, alors ! s'écrie Ficelle, j'ai mes verbes à copier.

— Moi aussi, fait Boulotte, il faut que je copie le verbe « Ne pas apporter de bouteille de lait en classe ».

— Nous allons nous dépêcher ; ce ne sera pas long.

Elles se mettent en route au galop, balançant leur cartable à bout de bras. Il ne leur faut que quelques minutes pour parvenir à la villa du professeur Potasse. Elles aperçoivent aussitôt le savant. Il arpente nerveusement le jardin, allant et venant comme un lion en cage. Son col est défait, ses cheveux ébouriffés. Il se précipite lorsqu'il voit arriver les jeunes filles.

— Ah ! mesdemoiselles, avez-vous rencontré Isabelle ?

Françoise fait signe que non.

— C'est vous, professeur, qui êtes venu à l'école ?

— Oui. J'ai demandé à tout hasard. Isabelle n'est pas rentrée déjeuner. Il lui est sûrement arrivé quelque chose. Je suis allé au commissariat, mais ils ne savent rien. Ah ! où peut-elle bien être ?

La grande Ficelle s'avance :

— Françoise dit que...

Une sonnerie de téléphone retentit dans le pavillon. Le professeur sursaute, comme électrisé, et court vers le vestibule.

— Il est sur les nerfs, observe Boulotte.

— Il y a de quoi !

Quelques minutes s'écoulent. Le professeur réapparaît sur le seuil, le visage très pâle. Il s'effondre sur un banc.

— Eh bien, professeur ? demande Françoise.

Le savant soupire :

— Enlevée ! Elle a été enlevée par les bandits qui ont essayé de voler ma tuyère...

— Un kidnapping ! s'écrie Ficelle, c'est merveilleux ! Mais pourquoi ?

— Ils la libéreront en échange des plans de la tuyère.

— Ah ! Alors, il faut alerter la police !

Le professeur secoue la tête.

— Ils m'ont bien prévenu : si j'appelle la police, je ne reverrai jamais ma nièce.

Il y a un instant de silence. Le professeur reprend :

— Je n'ai pas le choix. Je vais leur donner les plans.

— Et si vous mettiez de faux plans ? suggère Ficelle.

— Non. Pour cela aussi ils m'ont averti. Avant de libérer Isabelle, ils vérifieront si les plans sont authentiques. Je vous dis que je n'ai pas le choix.

— Et comment les choses vont-elles se passer ? demande Françoise.

— Je dois remettre le dossier dans un panier à anse et le déposer sur le parapet du pont Pabras ce soir à onze heures.

— Dans un panier à anse ? Tiens, c'est curieux... Pourquoi un panier à anse ?

— Je ne sais pas. En tout cas, je vais faire exactement ce qu'ils me disent de faire. Je veux revoir mon Isabelle !

— Oui, je crois que vous avez raison. Pouvons-nous quelque chose pour vous ?

Le professeur secoue la tête, le visage enfoui dans ses mains.

Les trois amies se retirent sur la pointe des pieds.

Le kayak glisse sans bruit sur l'Ondine, ne laissant derrière lui qu'un mince sillage. La double pagaie plonge dans l'eau noire avec la régularité d'une mécanique. À droite, à gauche, à droite, à gauche...

Là-bas, en aval, une masse sombre enjambe la rivière : le pont. Fantômette cesse de pagayer pour consulter sa montre. Onze heures moins dix.

— Parfait ! murmure-t-elle.

Elle recommence à propulser le léger esquif, sans effort apparent. La ligne du pont se rapproche. La nuit est sombre ; de gros nuages roulent à basse altitude. Le temps est lourd, orageux. Quelque part dans les herbes de la rive, un grillon joue de la crécelle.

Fantômette sort la pagaie de l'eau. Le kayak file sur son erre et s'immobilise sous le pont.

Les minutes s'écoulent.

À onze heures exactement, une pétarade de moteur se fait entendre. Des phares d'auto trouent l'obscurité. La voiture, une vieille guimbarde, suit la route longeant la rive droite. Elle vire, s'engage sur le pont et s'arrête. Fantômette perçoit un bruit de portière que l'on ouvre et que l'on referme. La voiture repart en marche arrière, sort du pont et reprend le chemin par où elle est venue.

— Parfait ! Le professeur vient de poser sur le parapet le panier contenant le dossier. À moi de jouer !

D'un bond, elle quitte le kayak. Elle tient à la main un dossier rectangulaire de cuir noir. En un éclair elle est sur le pont, courant vers le panier à une vitesse incroyable.

Il ne lui faut qu'une seconde pour sortir le dossier du panier et le remplacer par celui qu'elle a apporté. Un instant plus tard, elle bondit de nouveau dans le kayak et fait force de rames pour s'éloigner du pont vers l'aval.

Il était temps. De nouveau, la nuit est illuminée par deux puissants phares. Une Mercedes noire, venant du côté opposé à Framboisy, s'engage à son tour sur le pont.

Fantômette prend dans le fond du kayak une paire de jumelles qu'elle dirige vers le parapet. La voiture ralentit à peine... Une sorte de canne recourbée jaillit de la vitre arrière, attrape au vol le panier par l'anse, et le fait disparaître à l'intérieur.

— Bien joué ! murmure Fantômette. Ils n'ont pas perdu de temps.

La Mercedes, qui a franchi le pont, revient vers l'aval en longeant l'autre rive. Fantômette se remet à pagayer vigoureusement dans la même direction que celle prise par l'auto.

— Du nerf, ma petite ! Il ne s'agit pas d'arriver trop tard !

La Mercedes s'arrête sur le quai avec un grincement de freins sec. Kafar et Bébert descendent et se dirigent à grands pas vers la maison en construction. Kafar tient sous son bras le dossier de cuir noir. Bébert fait tournoyer dans les airs la canne à manche recourbé qui lui a servi à cueillir le panier. Les deux hommes se faufilent à travers l'entassement des matériaux de construction, entrent dans la maison et gravissent l'échelle.

Kafar allume sa lampe, soulève la trappe et pénètre au premier étage. Il dirige le faisceau dans un angle.

— Alors, on est bien sage ?

Attachée et bâillonnée, les yeux agrandis par l'effroi, Isabelle gît sur le sol de ciment. Kafar ricane et gravit la seconde échelle, suivi par Bébert qui sifflote un air à la mode. Il frappe les trois coups convenus et repousse la trappe. Le colonel se lève d'un bond. Il est entouré d'un épais nuage de fumée distillée par son cigare.

— Ah ! vous voilà ? C'est bon. Tout s'est-il bien passé ? Le professeur a-t-il obéi à mes ordres ?

Kafar affiche un large sourire.

— Mon colonel, il a obéi. Et voici le fameux dossier noir, dont nous nous étions déjà emparés une fois.

— Oui, et que vous vous étiez fait reprendre par cette espèce de gamine déguisée en rat d'hôtel. Enfin, voyons cela...

Le colonel saisit la chemise, examine l'étiquette.

— « Plans de la tuyère... Théorie... calculs,

essais... » C'est bien le dossier dont nous avons besoin.

Il l'ouvre, jette un coup d'œil à l'intérieur, feuillette une ou deux pages et pousse un rugissement.

— Quoi ! Qu'est-ce que vous m'apportez là ? Vous n'êtes pas malades ?

Kafar et Bébert se précipitent vers le dossier. Il contient un album illustré en couleurs. La couverture représente une jeune fille habillée en Esquimaude, précédée du titre : *Pouponnette au pôle Nord*.

Rouge de fureur, le colonel dégrafe son col et attrape la bouteille de cognac. Il la vide aux trois quarts et hurle :

— Il s'est moqué de nous ! Vous n'êtes qu'une bande de naïfs attardés ! Et vous voulez jouer aux espions ? Des imbéciles, voilà ce que vous êtes, des imbéciles ! Et pour commencer...

Il écrase son cigare d'un coup de talon, en allume un autre et reprend calmement, d'un ton froid :

— Pour commencer, vous allez me mettre cette péronnelle hors d'état de nuire. Le bonhomme a été prévenu. Il a voulu jouer au plus malin. Tant pis pour lui et tant pis pour sa nièce.

Le colonel pointe un index vers Bébert :

— Tu vas t'en charger. Ce que nous étions convenus, n'est-ce pas ? Le sable ?

Bébert frémit. Le colonel le toise d'un œil sévère.

— Pas d'hésitation, hein ? Tu sais ce qui arrive à ceux qui désobéissent à mes ordres. L'état-major ne plaisante pas.

Bébert rentre les épaules en faisant « Oui » de la tête.

— Exécution immédiate. Kafar, reste ici. J'ai à te parler.

Bébert soulève la trappe et descend l'échelle. Il rallume sa lampe, la dirige vers Isabelle. La jeune fille a l'air d'une bête traquée.

— Allez ! grogne Bébert, on descend !

Il l'empoigne à bras-le-corps, la jette sur son épaule et descend l'échelle qui mène au rez-de-chaussée. Il enjambe les tas de briques et les sacs de ciment qui encombrent les alentours de la maison, se dirige vers la trémie à sable. Énorme entonnoir d'acier soutenu par quatre piliers, elle sert à charger les camions-bennes d'une entreprise de construction. Elle est bourrée de sable.

Bébert dépose sa prisonnière exactement sous l'ouverture de l'entonnoir, puis respire un grand coup. Il grogne :

— Et maintenant, en sac !

Il va chercher un sac à ciment vide et y enfourne Isabelle qui ne réagit même pas, tellement elle est effrayée.

— Bon. Et pour terminer, une petite douche de sable !

Le colonel frappe du poing sur la table.

— Donc, nous allons retourner chez ce maudit professeur et lui arracher les plans, dussé-je le hacher en petits morceaux !...

— C'est risqué !

— Tant pis ! Au point où nous en sommes... D'ailleurs, une fois en possession des plans, je veillerai à ce qu'il se taise... définitivement. Comme sa dinde de nièce. Au fait, je veux vérifier comment Bébert s'y prend. Ce type est tellement maladroit qu'il faut le surveiller tout le temps. Descendons...

Suivi de Kafar, le colonel passe à travers la première trappe, puis à travers la seconde, et atteint le rez-de-chaussée. Il marche vers la trémie en s'éclairant avec sa lampe de poche. Bébert achève de ficeler l'ouverture du sac.

— C'est prêt ? demande le colonel.

— Oui.

— Bien. Vas-y !

Bébert s'approche d'un des piliers, manœuvre le levier d'ouverture de la trémie. Le sable se met à couler en trombe avec un « chchsss ! » de vapeur sortant d'une locomotive. Le sac disparaît vite sous la pyramide de sable qui va en s'agrandissant. Lorsque l'énorme entonnoir est vidé complètement, une véritable montagne se trouve accumulée entre les pieds métalliques. Le colonel ricane :

— Dix tonnes de sable ! Là-dessous, elle n'aura pas froid !

Il tire quelques bouffées de son cigare et le jette.

— Et maintenant, au laboratoire !

Les trois hommes se dirigent vers le petit yacht blanc qui se balance doucement au bout du quai. Le colonel Pork avance le premier en faisant claquer ses talons. Visiblement satisfait, il fredonne une marche militaire. Il enjambe le bordage du yacht, saute sur le pont et entre dans la cabine. On voit sa tête apparaître soudain derrière un hublot :

— Kafar, je n'ai plus de cigares ! Va chercher ceux qui sont dans la baraque, vite !

Kafar s'élance au pas de course vers la maison. Il sort sa lampe, l'allume et s'arrête net.

Devant lui se dresse une silhouette masquée.

— Pétard ! Fantômette !

Il prend son revolver, le braque sur la jeune aventurière.

— Ha, ha ! Comme on se retrouve. Cela fait plaisir de vous revoir. Pas un geste, sinon !... Et cette fois, je vous garantis qu'il est chargé. Allez, en avant !

Les bras levés, Fantômette s'avance vers le yacht.

Kafar jubile. Il crie :

— Devinez qui vient nous rendre visite ? C'est notre jeune amie du carnaval !

Le colonel sort de la cabine et observe la nouvelle venue avec curiosité.

— Tiens, c'est donc cette gamine qui nous a mis des bâtons dans les roues ? Elle n'a pourtant pas l'air bien dangereuse, malgré son déguisement. Amène-la ici...

Sous la menace du revolver, Fantômette est introduite dans la cabine. Le colonel remplit à demi un verre de cognac, ajoute de l'eau de Seltz et de la glace, et prend place sur un confortable divan.

— Et maintenant, mademoiselle, je vous écoute !

Fantômette hausse les épaules.

— Je n'ai rien de particulier à vous dire.

— L'autre jour, dit Kafar, je l'ai déjà interrogée, et elle n'a rien dit. D'après les journaux, c'est une jeune folle qui se prend pour une justicière.

Le colonel lève un sourcil.

— Tiens, il me semble en effet avoir entendu parler de cela. Une jeune aventurière qui a déjà arrêté divers cambrioleurs... L'un d'eux était enfermé dans une cabine téléphonique, je crois ? N'est-ce pas là un de vos exploits ?

— C'est exact.

Le colonel boit une gorgée de cognac, fait claquer sa langue. Il considère Fantômette pendant un moment, se gratte le menton et dit :

— Je vois que vous aimez les aventures et que vous ne craignez pas le danger. Pourquoi n'entreriez-vous pas dans nos services de renseignement ? Vous auriez de bonnes occasions d'exercer vos talents, avec profit. Qu'en pensez-vous ?

Fantômette sourit.

— Vous me proposez de devenir une espionne au service de la Névralgie ?

Le colonel a un geste dédaigneux.

— Une espionne ? Fi, quel vilain mot ! Disons plutôt une correspondante.

— Oui, une correspondante qui s'occuperait d'espionnage. Eh bien, c'est tout réfléchi. Je dis non.

Le colonel vide son verre.

— Vous avez tort. Mais enfin, je n'espérais pas que vous accepteriez. La situation est donc parfaitement claire. Vous êtes venue m'empêcher de mener à bien la mission dont mon gouvernement m'a chargé. Il en résulte que je suis obligé de vous écarter de mon chemin. Bébert ?

— Mon colonel ?

— Mets le moteur en marche.

Bébert sort. Un instant plus tard s'élève le

ronflement du diesel. Le yacht quitte le quai, vire de bord et commence à remonter l'Ondine en direction de Framboisy. Le colonel prend sur la table le dossier noir que Kafar a rapporté de la maison en construction et le montre à Fantômette.

— Connaissez-vous ceci ?

— Je pense bien ! À l'intérieur il y a les aventures de *Pouponnette au pôle Nord.*

— Quoi ! Comment le savez-vous ?

— C'est moi qui ai enlevé du panier le dossier de la tuyère pour le remplacer par celui-ci.

— C'est vous qui...

Manquant d'étouffer, le colonel se verse une nouvelle dose de cognac. Il bredouille :

— Mais... mais alors... le... le professeur avait bien obéi à mes ordres ? Il avait mis les plans de la tuyère dans le panier ?

— Certainement.

— Mais alors... mais alors...

Le colonel blêmit. *Le professeur Potasse avait obéi à ses ordres, et Isabelle avait quand même été exécutée !*

Il verse dans son verre le restant de la bouteille et l'avale d'un trait. « Après tout, tant pis ! pense-t-il. On ne fait pas d'omelette avec des œufs entiers, dit le proverbe névralgien. Ni d'espionnage en se conduisant comme un saint... Tant pis pour le professeur, et tant pis pour sa nièce ! Et tant pis pour cette gêneuse de Fantômette ! Allons, il faut en finir au plus vite. »

— Kafar !

— Mon colonel ?

— Envoie-moi Bébert. Tu vas aller prendre sa place au poste de pilotage.

Bébert apparaît. Le colonel lui demande :

— Nous avons une ancre de rechange, je crois ?

— Oui.

— Bien. Tu vas attacher à l'ancre cette gêneuse. Pas avec une corde, hein ? Avec une bonne chaîne d'acier. Et tu lui feras prendre un bain. Ça lui rafraîchira les idées, hein ? Compris ?

Bébert approuve de la tête. Il saisit Fantômette par les poignets et l'entraîne sur le pont. Le colonel débouche une nouvelle bouteille de cognac et remplit son verre. Puis il prend le dossier noir, l'ouvre à la première page et parcourt les illustrations. « Pas mal, ces dessins, pas mal... » Il boit une gorgée de cognac, tourne une page. Au-dehors, le ronflement du moteur est un instant couvert par le « Plouf ! » d'un corps tombant dans l'eau. Le colonel n'y prête pas attention.

— Passionnante, cette histoire de Pouponnette, passionnante !...

*

* *

Le professeur Potasse se tient la tête à deux mains. Il est accoudé à sa table de travail, au milieu de sa chambre. Il attend. Au mur, une horloge déclenche sa sonnerie. Le professeur lève les yeux vers le cadran. Minuit. Une heure s'est écoulée depuis qu'il a porté le panier sur le pont Pabras... Les bandits doivent être en possession des plans, maintenant. Qu'attendent-ils pour relâcher Isabelle ?

Le savant tressaille. Dans le silence de la nuit, il lui a semblé entendre un crissement de cailloux. Oui, un pas léger s'approche...

Très ému, le professeur se lève, sort de sa chambre, descend rapidement l'escalier, sort dans le jardin.

— Isabelle !

— Tonton !

Isabelle se précipite dans les bras de son oncle qui laisse couler des larmes de joie.

— Ma petite Isabelle ! Ils t'ont relâchée...

— Pas du tout !

— Comment ? Mais puisque tu es ici...

Isabelle tape du pied :

— Ils ne m'ont pas libérée du tout !

— Mais alors... Je ne comprends pas !

— Attends, je vais tout te raconter. Mais d'abord je mangerais bien un morceau. Je n'ai rien pris depuis le petit déjeuner de ce matin ! Je mangerais des briques !

Marie, alertée, s'empresse de confectionner un repas express, sur lequel Isabelle se jette comme un chat sur un morceau de mou.

Ayant repris quelques forces, elle peut raconter son aventure :

— Voilà. À midi, je suis sortie de l'école, comme d'habitude, et j'ai pris le chemin pour venir ici. J'étais déjà au bout de notre rue quand tout à coup qu'est-ce que je vois ? Une grosse voiture noire qui me dépasse et qui s'arrête. Un bonhomme en descend et me demande la route de Paris. Je lui réponds : « C'est par ici » et en même temps je me retourne pour la lui indiquer. À ce moment, je sens qu'on me plaque un foulard sur la figure. J'essaie de me débattre, mais le bonhomme me serre dans ses bras et m'emporte dans l'auto. Ensuite un certain Bébert m'attache avec des ficelles et nous voilà partis. On a roulé pendant quelques minutes, et l'auto s'est arrêtée sur un quai, un peu après le pont Pabras. Ils m'ont enfermée dans une espèce de maison à moitié construite.

— Et combien étaient-ils, ces bandits ?

— Deux. Et dans la maison il y en avait un troisième en uniforme, qu'ils appelaient le « colonel ».

— J'en étais sûr ! Ce sont des militaires de Névralgie ! Les canailles ! Mais ensuite ?

— Ensuite, les deux bonshommes sont repartis dans l'auto. Ils sont rentrés il y a une heure à peu près. L'un d'eux avait sous le bras ton dossier noir, celui de la tuyère. Ils te l'ont volé.

— Pas exactement, ils l'ont exigé en échange de ta libération.

— Eh bien tonton, tu aurais mieux fait de le garder, parce qu'ils n'ont pas de parole, ces gens-là !

— Pourquoi donc ?

— Attends, tu vas voir. Donc les deux types apportent le dossier au colonel qui se met à hurler des injures. Je l'entendais à travers les murs. Cinq minutes plus tard, l'un des bonshommes – un certain Bébert – me prend sur son dos, m'emmène dehors et me fourre dans un sac en papier.

— Un sac en papier ?

— Oui. Qui avait contenu du ciment. Regarde : j'en ai encore plein ma robe. Il me met donc dans le sac et il me place sous une sorte de grand entonnoir rempli de sable comme il y en a sur les chantiers.

— Une trémie ? Mais pour quoi faire ?

— Ils voulaient m'enterrer sous le sable.

— Mais c'est affreux !

— Attends. Au moment où il allait fermer le sac avec une ficelle – j'avais encore la tête qui dépassait –, j'entends une voix qui dit : « Ne bougez pas ! » Et j'aperçois qui ? Fantômette ! Elle était derrière Bébert et lui mettait son poignard dans les reins ! J'aurais voulu que tu sois là pour voir sa tête !

— Je l'imagine ! Ensuite ?

— Avant qu'il ait eu le temps de se retourner, elle a coupé mes liens d'un coup de poignard et m'a dit de courir au quai où je trouverais un kayak pour me sauver. C'est ce que j'ai fait, tu penses ! J'ai trouvé le kayak et je me suis mise à pagayer, tout en me retournant de temps en temps pour voir ce qui se passait. Fantômette a obligé Bébert à mettre un sac de ciment à l'endroit où j'aurais dû me trouver, sous la trémie, puis elle s'est cachée, car je ne l'ai plus vue. Quelques secondes après, le colonel est arrivé et a ordonné à Bébert de faire couler le sable.

— Je comprends ! Et c'est un vulgaire sac de ciment qui a été enseveli à ta place !

— Voilà. J'aime mieux que ce soit lui plutôt que moi...

— Et moi aussi ! Mais comment se fait-il que ce Bébert n'ait pas dévoilé la substitution ? Au moment où le colonel est arrivé, il aurait pu lui dire que tu venais de t'échapper ?

— Non. Je pense que Fantômette s'était cachée dans le noir et l'avait menacé de lui lancer le poignard dans le dos s'il parlait.

— Ah ! ce doit être cela, en effet.

— Et attends, tu ne sais pas tout ! Devine

ce que j'ai trouvé dans le kayak ? Ton dossier, les plans de la tuyère !

— Mais tu as dit qu'ils avaient été remis au colonel ?

— Oui, il y a quelque chose que je ne comprends pas. En tout cas, ils sont en sûreté dans le kayak. Je vais aller les chercher.

Elle se sauve au galop. Le professeur pousse un long soupir. La journée avait été rude pour lui, mais elle s'achevait bien. Il lui vient soudain une idée. Puisqu'il retrouve sa nièce et qu'il récupère les plans, rien ne l'empêche plus de prévenir la police.

Il se lève, passe dans son bureau et saisit le téléphone. Il va pour composer le numéro quand la sonnerie de l'entrée se fait entendre.

— Tiens, qui peut bien venir me voir en pleine nuit ?

Il raccroche l'appareil et se dirige vers l'entrée. Il ouvre la porte du pavillon, regarde vers la clôture.

Derrière la grille, deux silhouettes se profilent.

chapitre 8

Le naufrage du yacht

Que je n'eusse pas apporté de bouteille de lait en classe.

Que tu n'eusses pas apporté de bouteille de lait en classe.

Qu'il n'eût pas apporté...

— Je commence à en avoir mon compte des bouteilles de lait ! grogne la rondelette Boulotte.

— Ah ! répond Ficelle, ne te plains pas ! Moi, j'en copie tous les jours, des verbes ! Et ce soir j'ai double ration : « Ne pas entrer dans la classe en dehors des cours » et « Ne pas fouiller dans le bureau de la maîtresse ». Heureusement que j'ai trouvé un truc pour gagner du temps, sans quoi j'y serais encore à Noël.

— Ah ! dis vite, comment fais-tu ?

— Regarde : à la première personne, j'ai écrit la phrase en entier. « Je n'entre pas en classe en dehors des cours. » À la deuxième personne, je mets : « Tu n'entres pas... » et j'ajoute trois points de suspension. Tu comprends ? Et je continue : « Il n'entre pas... Nous n'entrons pas... » Je ne vais pas me casser la tête à répéter tout le temps « en classe en dehors des cours ». C'est idiot de recopier cent fois la même chose !

— Ah ? Et tu crois que Mlle Bigoudi ne va rien te dire ?

— Je ne sais pas. C'est la première fois que j'essaie ce truc.

— Bon. J'espère pour toi que ça va aller, mais je n'en suis pas très sûre.

— On verra bien. Oh ! qu'est-ce qui t'arrive ?

— Quoi ?

— Tu as un bras qui tremble !

— Un bras ? Mais non, c'est Mimosa qui se promène dans ma manche.

— Ah ! bon. Elle ne te chatouille pas ?

— Non, je ne suis pas chatouilleuse.

— Moi, ça me ferait un drôle d'effet

qu'une bestiole se promène sur moi. Brrr ! ça me donne le frisson rien que d'y penser.

Et la grande Ficelle pose son menton sur son poing, laissant son esprit vagabonder dans une rêverie où son corps est successivement piétiné par des crocodiles, des fourmis ou des éléphants. Boulotte la pousse du coude.

— Hé, dépêche-toi de finir ton verbe. Et tu sais ce qu'on pourrait faire après ?

— Non ?

— Aller chez le professeur Potasse voir si Isabelle est rentrée.

— Oh ! oui ! Tu crois que les bandits l'ont relâchée ?

— Je ne sais pas. Je l'espère pour elle.

— Moi, je me demande si toute cette histoire n'est pas imaginaire. Peut-être qu'elle n'est pas rentrée parce qu'elle n'avait pas envie d'aller en classe cet après-midi ? Hein ?

— Je ne crois pas. Elle n'a pas l'habitude de faire l'école buissonnière.

La grande Ficelle réfléchit de nouveau :

— Alors, tu penses qu'elle a réellement été enlevée par des bandits ?

— Heu... oui.

— Ce qu'elle a de la chance ! Ce n'est pas à moi que ça arriverait !

— Allez, finis ton verbe, sans quoi je te déclame une recette de cuisine.

Cette terrible menace incite la grande fille à faire courir son stylo sur le papier. Quelques instants plus tard, elle achève le dernier mode de son verbe, l'impératif : « Ne fouille pas... Ne fouillons pas... Ne fouillez pas... »

— Et voilà ! s'écrie-t-elle. On peut aller chez le professeur. Ça va nous faire coucher tard, hein ? Il est presque minuit.

— Nous n'allons pas rester longtemps. Juste pour prendre des nouvelles.

Les deux amies quittent leur logis et s'enfoncent dans la nuit. Ficelle marche le nez en l'air, cherchant les étoiles à travers les nuages. Boulotte renifle un brin de thym en cherchant à se remémorer la recette du civet de lièvre à la provençale. Elles parviennent ainsi à l'entrée de la villa. Boulotte sonne. Quelques instants après, le professeur apparaît. Il accourt à la grille, tout souriant.

— Ah ! mesdemoiselles, je suis bien content de vous voir ! Entrez.

— Les nouvelles sont bonnes ? s'enquiert Ficelle.

— Excellentes ! Isabelle vient de rentrer.

— Les bandits l'ont relâchée ?

— Non, c'est beaucoup plus pittoresque que cela. Elle s'est évadée avec l'aide de cette fameuse Fantômette dont elle parle tout le temps.

— Pas possible ! Et où est-elle maintenant, Isabelle ?

— Au bout du jardin. Elle est allée chercher les plans de ma tuyère dans un kayak que lui a prêté Fantômette.

— On va aller la voir !

— Revenez vite ! Je vais à la cave chercher une bonne bouteille de champagne pour fêter le retour de ma nièce... et pour me remettre de mes émotions.

Boulotte et Ficelle courent vers le fond du jardin. En passant devant le laboratoire, elles entendent un bruit de voix.

— Tiens, dit Boulotte, il y a du monde dans le laboratoire. Et je vois de la lumière. Isabelle doit être en train de causer avec quelqu'un.

Elle frappe à la porte.

— Entrez ! fait une voix d'homme.

Les deux jeunes filles passent le seuil du hangar. La voix reprend :

— Avancez et levez les mains en l'air !

*

* *

Revenons un peu en arrière. Le colonel lisait toujours les aventures de *Pouponnette au pôle Nord*, et le bruit de la rivière se refermant sur Fantômette venait à peine de se faire entendre, quand Bébert entra dans la cabine.

— Voilà, mon colonel, c'est fait !

— Bien. Cette Fantômette commençait à devenir encombrante. Sommes-nous loin du laboratoire ?

Bébert jeta un coup d'œil sur la rivière.

— Non ; j'aperçois les premières lumières de Framboisy. Nous approchons.

— Peut-on accoster facilement ?

— Oui. La rive est à pic et bordée par un talus d'herbe.

— Parfait. Tu diras à Kafar de nous arrêter un peu avant d'arriver au niveau du laboratoire. Il vaut mieux qu'on ne voie pas le yacht depuis la propriété du professeur.

Le ronflement du moteur se ralentit. Le yacht manœuvra pour se rapprocher de la rive à vitesse réduite. Le colonel éteignit les lumières de la cabine et monta sur le pont. Kafar désigna la masse noire du hangar.

— Voici le laboratoire.

— Bon. Arrêtons-nous ici.

Bébert coupa le moteur. Le bateau glissa sur une vingtaine de mètres et s'immobilisa contre le talus dans lequel Kafar accrocha une ancre. Les trois hommes débarquèrent rapidement et se dirigèrent vers le laboratoire. Le colonel demanda à Bébert :

— Tu as ce qu'il faut pour ouvrir la porte ?

— Oui, mon colonel, nous avons trouvé une clef qui ouvre le cadenas.

Kafar alluma sa lampe, tandis que Bébert se penchait et déverrouillait la porte. Le colonel entra en premier. Mettant machinalement la main dans une poche, il eut l'agréable surprise d'y trouver un cigare. Il l'alluma aussitôt et circula à travers le hangar en tirant de larges bouffées de fumée. Il se planta devant la fusée, l'examina de haut en bas et de bas en haut.

— Dommage qu'elle soit si grande ! J'aurais aimé l'emporter... Enfin, nous nous contenterons de la tuyère. Tiens, qu'est-ce que c'est ?

Il était tombé en arrêt devant le siège éjectable. Kafar expliqua :

— C'est un fauteuil pour avion à réaction.

— Ah oui ! Je vois. Cela pourrait intéresser mon collègue de l'aviation, le général Kloport. Je lui en parlerai. Enfin, pour l'instant, ce que nous voulons, c'est la tuyère. Où est-elle ?

Kafar éclaira les étagères où étaient disposées les inventions du professeur. La lumière s'arrêta sur la pendule à cadrans multiples, puis sur la pompe à eau, puis sur une mécanique composée de pièces d'acier polies et brillantes.

— Tenez, la voilà !

Il s'approcha, lut la pancarte qui surmontait l'engin : « Extincteur à trompette ». À côté, une étagère vide portait l'inscription « Tuyère » de la fusée. Le colonel toisa Kafar et Bébert d'un œil ironique.

— Et voilà, messieurs les naïfs, voilà pourquoi vous m'aviez apporté l'extincteur. Les étiquettes sont interverties, tout simplement.

Ah ! on n'aurait pas de mal à vous faire prendre des vessies pour des projecteurs anti-aériens !

Le colonel mit la tuyère sous son bras et ouvrit la porte. Il sortit du hangar pour se trouver nez à nez avec une jeune fille qui se hâtait vers le pavillon. Il l'attrapa par le bras :

— Tiens, tiens ! Ma belle demoiselle, où courez-vous si vite ? Kafar, éclaire un peu par ici, que je voie à qui nous avons affaire...

Kafar braqua la lampe vers le visage de l'inconnue. Le colonel poussa un cri.

— La nièce du professeur !

Il restait paralysé, les yeux exorbités par la surprise. Il balbutia :

— Mais... mais nous vous avons ensevelie sous dix tonnes de sable !... Vous n'êtes donc pas morte ?... Ou alors vous êtes ressuscitée ?

Isabelle ne répondit pas : elle tremblait de peur. Le colonel se ressaisit. Il y avait là un mystère qu'il fallait tirer au clair.

— Rentrons dans le laboratoire !... Mais... que porte-t-elle sous le bras ?

Le colonel arracha le dossier.

— Les plans de la tuyère ? De mieux en

mieux ! Nous faisons coup double, la machine et les plans ! Et en prime, nous remettons la main sur cette petite sotte. Mais je ne comprends vraiment pas comment elle est sortie de son tas de sable !...

À cet instant, deux coups timides furent frappés à la porte du hangar.

— Entrez ! dit le colonel en mettant la main sur l'étui de son pistolet.

La porte s'ouvrit, et deux étranges figures apparurent. C'étaient des jeunes filles, l'une grande et maigre, l'autre petite et rondelette. Elles évoquaient irrésistiblement Don Quichotte et Sancho Pança.

— Avancez, ordonna le colonel, et levez les mains en l'air !

*

* *

Stupéfaites, Ficelle et Boulotte obéissent.

— Ce sont des amies à vous ? demande le colonel à Isabelle.

Elle fait un signe affirmatif.

— C'est fâcheux pour elles. Et elles arrivent bien mal à propos !

Le colonel marche de long en large, visiblement préoccupé. Il tire sur son cigare avec énervement. Il prend soudain une décision.

— Allez, on embarque tout le monde ! Je ne veux pas laisser derrière moi des témoins compromettants. Sortez d'ici et pas un geste, pas un cri ! Sinon vous le regretterez...

Peu rassurées, les trois jeunes filles sortent du hangar en se bousculant, comme des moutons affolés. Kafar et le colonel les suivent. Bébert verrouille la porte du hangar. Le petit groupe se dirige vers le yacht et embarque.

À dix mètres en arrière, une silhouette noire se glisse à travers un bouquet de roseaux et prend place dans le kayak.

— Bébert, ordonne le colonel, mets le moteur en route ! Kafar, aide-moi à ficeler ces jeunes personnes ! Et mettons-les au frais dans la cale.

Soigneusement bâillonnées et ligotées, les trois filles sont descendues à fond de cale. Le colonel revient dans la cabine et se verse une large rasade de cognac.

— Maintenant, dit-il, résumons la situation. Et tâchons de tirer au clair cette histoire de résurrection. Voyons... Nous avons enlevé cette Isabelle et l'avons emmenée dans la baraque en construction. Bien. Puis nous avons récupéré le panier et le faux dossier. À la suite de quoi j'ai ordonné l'exécution de la drôlesse. Elle a été ensevelie sous le sable. Ça, je l'ai vu de mes propres yeux. Puis nous arrivons ici pour prendre la tuyère et nous tombons de nouveau sur elle ! C'est incompréhensible ! Aurait-elle une sœur jumelle ?

Kafar secoue la tête.

— Je n'en ai jamais entendu parler... Après tout, le plus simple serait de lui demander comment elle est sortie de son tas de sable...

— En effet, mais avant, je veux poser une ou deux questions à Bébert. Va le remplacer au poste de pilotage et dis-lui de venir ici.

Kafar quitte la cabine. L'instant d'après, Bébert entre. Il paraît mal à l'aise. Le colonel le regarde droit dans les yeux en fronçant les sourcils. Au bout d'un instant, il dit lentement :

— Alors, *que s'est-il passé avec Isabelle* ?

Bébert sursaute. Des gouttes de sueur perlent sur son front. Le colonel attend. Bébert rassemble tout son courage, puis bredouille :

— Heu... hum... voilà, je... hum... au

moment, heu... au moment où j'allais vider le sable sur la fille, j'ai senti qu'on me piquait dans le dos avec un poignard. C'était... Fantômette.

— Encore cette gamine ! Et alors ?

— Alors, elle m'a obligé à remplacer Isabelle par un sac de ciment.

— Et c'est ce sac que tu as recouvert de sable ?

— Heu... oui.

— Imbécile !

Le colonel engloutit son cognac et se met à marcher de long en large dans la cabine, martelant le sol du talon. Il grince :

— Nous verrons ce que l'état-major pensera de tout ceci. On a dû te dire déjà qu'il ne tolère pas les incapables ?

Bébert baisse le nez sans répondre.

— J'ai heureusement remis la main sur cette Isabelle ! Mais si je dois passer mon temps à réparer vos bévues, à toi et à Kafar, je préfère donner ma démission et me faire garde-barrière ! Et si l'état-major vous fait fusiller, vous l'aurez bien cherché ! Cela dit, file ! Je t'ai assez vu !

Énervé, il monte sur le pont pour se rafraîchir en humant l'air de la nuit. Son cigare s'est éteint. Il va pour le lancer par-dessus bord quand il se rappelle que c'est le dernier qui lui reste. Il sort de sa poche une boîte d'allumettes et le rallume. Il secoue une ou deux fois l'allumette, la jette sur le pont. Mais elle était bien enflammée et ne s'éteint pas. Le colonel fait un pas pour l'écraser d'un coup de talon, quand, à la lueur de la flamme, il voit briller derrière la cabine un petit objet jaune. C'est une broche d'or en forme de F.

— Malheur ! Fantômette !

Il s'élance en avant pour saisir son ennemie, mais ses bras se referment sur du vide. Au même instant, un formidable choc au creux de l'estomac le plie en deux en lui coupant le souffle. Il est redressé par un coup au menton de bas en haut, qui le fait chanceler en arrière. Il heurte du talon un rouleau de cordage et bascule sur le dos, entraînant dans sa chute un seau qui servait à laver le pont. Le fracas de ferraille fait sortir Bébert du poste de pilotage. Il allume sa lampe en criant :

— Il y a de la casse ?

Il aperçoit alors Fantômette qui bondit vers

lui, poignard en avant. Épouvanté, il fait demi-tour en hurlant :

— À moi, Kafar ! Au secours !

Kafar sort de la cabine, juste à temps pour se cogner contre Bébert. Les deux hommes roulent sur le sol. Kafar plonge la main dans la poche de sa gabardine pour en extraire son revolver, mais Fantômette l'étourdit d'un coup de poing sur la nuque. Elle est sur le point de s'emparer à son tour de l'arme, quand une violente douleur lui transperce la base du crâne. Un soleil rouge apparaît devant ses yeux, qui tourne brusquement au noir. Elle sombre dans l'inconscience.

— Il était temps, dit le colonel en reposant la gaffe qui lui a servi à frapper Fantômette.

— Oui, dit Kafar en se frottant le cou, un peu plus et elle me prenait mon revolver ! Elle tape dur !

— En effet, elle est vigoureuse. Elle est en bonne santé. On peut même dire que *pour une morte, elle se porte plutôt bien*, n'est-ce pas, Bébert ?

L'interpellé devient blanc comme un linge.

Le colonel l'empoigne par le revers de son veston et lui hurle à la figure :

— Et maintenant, tu vas me dire ce qui s'est passé ? J'en ai assez, de ces résurrections en série ! Tu l'as jetée à l'eau, oui ou non ?

Bébert avoue, terrorisé :

— Heu... non...

— Qu'est-ce qui a produit le bruit de chute dans l'eau ?

— Heu... l'ancre... l'ancre toute seule.

— Infâme coquin ! Pourquoi n'as-tu pas obéi ? Pourquoi n'as-tu pas supprimé Fantômette ?

Le colonel et Kafar rivent leurs yeux sur le visage de Bébert, avides d'entendre la réponse,

— Je... au moment où j'allais l'attacher à l'ancre, elle m'a dit comme ça : « Bébert, j'ai sur la rive un ami qui connaît ma présence à bord. Si d'ici une demi-heure, je ne suis pas de retour à Framboisy, il préviendra la police et vous serez arrêtés sous l'inculpation de meurtre prémédité. Vous risquez votre tête. Tandis que si vous me laissez tranquille, vous avez une petite chance de vous en tirer. »

Alors j'ai eu peur et je ne l'ai pas jetée à l'eau.

— Et qu'a-t-elle fait, elle ?

— Elle s'est cachée sur le toit de la cabine.

Le colonel repousse violemment Bébert qui va heurter la cloison avec un bruit de grosse caisse.

— Canaille ! Quand l'état-major va savoir ça, il va...

Il n'a pas le temps d'achever sa phrase. Un violent choc le projette à terre, dans les jambes de Kafar, tandis qu'un craquement effroyable déchire l'air. Le yacht, privé de direction – tout le monde a oublié de le piloter –, vient de se jeter dans la pile centrale du pont Pabras. La proue, complètement défoncée, commence à faire eau.

— Mille diables ! rugit le colonel. Vous avez déserté le poste de pilotage ! Vous voyez le résultat ! Ah ! décidément, je suis entouré d'une bande de nullités comme on en voit peu !

Kafar et Bébert se sont relevés, l'air ahuri et les bras ballants.

— Eh bien, ne restez pas là plantés comme

des piquets ! Faites quelque chose ! Mettez le canot pneumatique à l'eau !

Les deux hommes courent à l'arrière. Le colonel jette un coup d'œil par-dessus bord pour évaluer la vitesse à laquelle s'enfonce le bateau, puis, jugeant qu'il reste assez de temps, il se baisse, empoigne un cordage et ligote Fantômette, toujours évanouie, après lui avoir retiré son poignard qu'il plante dans le pont. Puis il la prend sous son bras, entre dans la cabine et descend au fond de la cale par un court escalier. L'eau l'envahit en bouillonnant. Allongées sur le sol qui commence à s'incliner, les trois prisonnières roulent des yeux de bêtes à l'abattoir. Le colonel laisse lourdement tomber Fantômette, grogne : « Au plaisir ! » et remonte en ricanant. Dans la cabine, il prend la tuyère, le dossier et une bouteille de cognac, puis monte sur le pont qui s'incline de plus en plus. À la lueur d'une lampe de poche, Kafar et Bébert mettent à l'eau le canot gonflable. Les trois hommes embarquent et s'éloignent du yacht qui tournoie lentement au milieu du courant en s'enfonçant par l'avant, avec son moteur toujours en marche. Le colonel pousse un soupir :

— Quel dommage d'abandonner un si beau bateau ! À cause des deux idiots que vous êtes ! Enfin, le gouvernement de Névralgie m'en offrira un autre, en échange de la tuyère. Et en récompense de mes bons et loyaux services.

Cette perspective lui ayant rendu sa belle humeur, il avale une large rasade de cognac et commande :

— Ramez ferme ! Nous ne sommes plus loin du quai. Débarquons le plus vite possible. Je veux mettre en application une petite idée que je viens d'avoir !

Peu soucieux de contrarier l'irascible militaire, les deux hommes rament avec une vigueur accrue.

Quelques instants plus tard, le canot touche le quai. Le colonel saute à terre, il jette à l'eau le flacon qu'il vient de vider et commande :

— Allez chercher mon cognac et mes cigares dans la baraque.

Il se retourne, contemple l'Ondine. Là-bas, en aval, la coque blanche du yacht déjà à demi submergée se fond dans l'eau noire et dans la nuit.

— Bon voyage, mesdemoiselles, et que le diable vous emporte !

Il marche vers la Mercedes, ouvre la porte et s'installe. Bébert et Kafar arrivent au pas de course et lui présentent les cigares et la bouteille de cognac. Le colonel vide la moitié de la bouteille dans son gosier et croque la pointe d'un cigare qu'il allume avec soin.

— Et maintenant, messieurs, nous allons retourner chez notre excellent ami le professeur Potasse.

Et comme Kafar lève un sourcil interrogateur :

— J'ai décidé, explique-t-il, de ne laisser derrière moi aucun témoin gênant. Il reste le professeur. Dites-moi. Qui l'empêchera de bavarder, si ce n'est nous ? Allons, vite ! En route !

La Mercedes démarre en trombe, vire dans un grincement de pneus et file en direction de Framboisy.

Il est une heure du matin.

chapitre 9

La destruction du laboratoire

Dans le jardin, le professeur fait les cent pas, en proie à une inquiétude terrible. Sa nièce a de nouveau disparu ! Non seulement elle, mais aussi Boulotte et Ficelle !

— C'est à devenir fou ! Voyons... essayons de raisonner... Isabelle arrive ici avec le kayak, m'annonce que les plans sont restés dedans... Elle retourne les chercher... Une minute après surviennent ses amies Boulotte et Ficelle qui partent la rejoindre au jardin. Pendant ce temps, je débouche une bouteille de champagne et puis plus rien ! Aucune trace du kayak... et, de plus, la tuyère qui était dans le laboratoire a disparu ! Je comprends de moins en moins !

La sonnerie de la porte d'entrée interrompt

ses réflexions. Trois hommes se trouvent derrière la grille. L'un d'eux exhibe un insigne.

— Police ! Ouvrez !

— Ah ! vous m'apportez des nouvelles de ma nièce ?

— En effet. Mais... qu'y a-t-il là-bas, au fond du jardin ?

Le professeur tourne la tête pour voir ce qui se passe. Il sent qu'une main se plaque sur son visage, tandis qu'on lui maintient les bras pour l'attacher. Il est soulevé de terre et transporté jusqu'au laboratoire.

— Posez ce bonhomme à terre ! ordonne le colonel Pork.

Il sort un cigare de sa poche, l'allume et en tire des bouffées dignes d'une locomotive du Far West. Le savant le regarde faire d'un air effaré.

— Mon cher professeur, dit le colonel, vous êtes un témoin bien gênant. Je suis donc au regret de vous faire disparaître... accidentellement. Il y a des produits dangereux dans votre laboratoire. De la nitrocellulose, de l'acide azotique... Des produits inflammables et explosifs que vous utilisez pour vos fusées. Bien. Kafar ?

— Mon colonel ?

— Tu vas entasser quelques bouts de bois sur ces caisses d'explosifs, les arroser de pétrole ou d'essence. Je vois là des bidons qui doivent en contenir. Une allumette sur le tout, et lorsque la caisse aura suffisamment chauffé, nous entendrons un gros boum !

Pendant que Kafar prépare l'incendie, Bébert attache le professeur à la fusée comme un Indien au poteau de torture. Le colonel allume un nouveau cigare et jette l'allumette enflammée sur le tas imbibé de pétrole. Une flamme jaune et fumeuse s'élève, se propageant rapidement.

— Maintenant, messieurs, ne nous attardons pas. Professeur, je vous salue !

Les trois hommes sortent rapidement du hangar que Bébert verrouille, traversent le jardin et débouchent dans la rue. Là, ils attendent. Le colonel se frotte les mains.

— Nos exploits de cette nuit sont passionnants. D'abord l'eau : un naufrage. Ensuite le feu : un incendie. Appréciez, messieurs, appréciez !

Mais les deux autres ne semblent pas partager l'enthousiasme du colonel. Ils ont une furieuse envie de déguerpir.

— Attendons, messieurs, que cette explosion se produise. Je veux l'entendre. Une explosion est une musique douce à l'oreille d'un militaire...

Les minutes s'écoulent. Le colonel consulte sa montre.

— Hum... Il est presque deux heures du matin.

Il tire quelques bouffées de son cigare, puis sort une fois de plus son flacon de cognac qu'il vide complètement. Il regarde sa montre de nouveau.

— Alors, elle vient cette explosion ? Nous n'allons tout de même pas passer toute la nuit ici à attendre ! Allons voir ce qui se passe. Vous deux, marchez devant !

Peu rassurés, les deux complices retournent en direction du hangar, s'attendant à être soufflés d'une seconde à l'autre par l'explosion. À dix pas derrière eux, le colonel les invectivc en les traitant de couards et de poules mouillées. Arrivés devant le laboratoire, ils s'arrêtent.

— Alors, hurle le colonel, qu'attendez-vous pour entrer ?

— Voilà, voilà... bredouille Bébert en déverrouillant le cadenas.

L'intérieur du laboratoire est noir.

— Ça par exemple ! Le feu est éteint ! Comment diable...

Les débris de bois, à demi calcinés, flottent sur une mare d'eau. Le professeur Potasse a disparu.

— C'est incompréhensible ! Comment a-t-il pu éteindre l'incendie, et comment est-il sorti d'ici ?

Très impressionné, Bébert bredouille :

— Allons-nous-en, allons-nous-en... Il y a un mystère dans ce laboratoire.

Le colonel Pork paraît dégrisé. Il dit à voix basse :

— Oui, c'est ça. Ne restons pas ici...

Ils quittent le hangar sans même prendre la peine de refermer derrière eux. Ils traversent le jardin, contournent le pavillon, franchissent la porte et se dirigent vers l'auto. Bébert tire déjà à soi la portière quand Kafar pousse un cri en désignant les roues.

— Regardez ! Les pneus sont à plat !

— Encore un coup de Fantômette ! gémit Bébert.

Le colonel tente de conserver son sang-froid.

— Allons, ce que tu dis est absurde ! Fantômette est en ce moment au fond de l'Ondine, en compagnie de ses amies et du yacht. C'est sans doute quelqu'un qui a voulu nous faire une farce. Une mauvaise farce. Allez, sortez la pompe et gonflez-moi ces pneus rapidement.

Kafar ouvre le coffre de la voiture pour y prendre la pompe qu'il ajuste à la valve de la première roue. Il pompe pendant cinq minutes, puis s'arrête pour enlever sa gabardine qui lui tient trop chaud. Il la dépose sur la clôture d'une propriété qui borde la route. La nuit étant noire, personne ne remarque qu'une main se glisse dans la poche du vêtement pour en retirer le revolver de l'espion.

Après une bonne demi-heure de pompage (auquel le colonel Pork participa, tant était grande son envie de quitter les lieux), la voiture démarre et prend la direction du centre de la ville. Le colonel tire son mouchoir et s'éponge le front. Il soupire et se laisse aller en arrière, les bras étendus sur la banquette. Soudain, ses mains tâtonnent sur le siège. Un frisson glacé le parcourt. Il crie d'une voix rauque :

— Arrête, arrête tout de suite !

Bébert bloque les freins.

— Que se passe-t-il, colonel ?

— Allume le plafonnier.

Effaré, le colonel montre la banquette du doigt.

— J'avais posé la tuyère là, à côté du dossier noir... Il n'y a plus rien ! On nous a tout volé !

— C'est Fantômette ! dit Bébert dans un souffle.

— Oui, dit Kafar, elle – ou son spectre – rôde autour de nous... Elle nous surveille... Elle sait tout ce que nous faisons...

— Assez ! crie le colonel. Vous allez me rendre fou ! Allez, démarrez ! Rendons-nous à l'hôtel du Chat-qui-louche. Nous mangerons un morceau, nous boirons un coup et nous verrons ce qu'il convient de faire.

La voiture repart à toute allure, à travers les rues désertes de Framboisy.

*
* *

Lorsque le colonel Pork avait quitté le yacht en perdition, il était persuadé que les quatre jeunes filles étaient condamnées à être irrémédiablement noyées. Elles étaient soigneusement ligotées à fond de cale, laquelle se remplissait d'eau à vue d'œil. Il n'avait oublié qu'un détail, mais un détail d'importance : *Fantômette était parmi les prisonnières*. Et enfermer Fantômette, c'est saisir du mercure avec les doigts ou de l'eau avec une fourchette.

Isabelle, Boulotte et Ficelle avaient tout d'abord été stupéfaites de voir le colonel leur amener cette nouvelle prise. Stupéfaction qui s'était aussitôt changée – chez Isabelle surtout – en muette admiration. Muette à cause du bâillon. Pour la première fois, elle avait la chance de voir longuement de près la fameuse justicière.

Mais un problème se posait maintenant : comment Fantômette allait-elle se tirer de la périlleuse situation dans laquelle elle se trouvait ? La cale se remplissait d'eau, et elle restait immobile, évanouie.

« L'auraient-ils tuée ? »

Au bout d'un moment, l'aventurière masquée remua faiblement.

Elle gisait sur le plancher incliné, et la moitié de son corps plongeait déjà dans l'eau. Le froid était en train de la ranimer. Elle poussa un gémissement plaintif, puis quelques secondes après se mit à respirer à fond, régulièrement. Après quelques instants, elle se redressa et regarda autour d'elle. Apercevant les trois autres prisonnières, elle sourit. Puis, très tranquillement, elle abaissa son menton sur sa poitrine et mordit à pleines dents dans sa broche en forme de F. Il y eut un déclic et le bijou d'or s'ouvrit en deux, faisant jaillir une petite lame d'acier. Fantômette serra la broche entre ses dents, l'arracha de la cape et, en quelques mouvements de tête, coupa la corde qui la retenait prisonnière. En dix secondes, elle se trouva libre. Elle trancha les liens de ses compagnes et leur fit signe de monter sur le pont, le tout sans prononcer une parole.

Le yacht était à demi submergé, mais le

moteur installé à l'arrière fonctionnait toujours. Fantômette entra dans la cabine de pilotage – l'eau lui arrivait jusqu'à la taille – et tourna la roue du gouvernail. Le yacht vira lentement en se rapprochant du rivage. Un choc indiqua qu'il venait de heurter la berge. Les trois amies sautèrent à terre, tandis que Fantômette remontait dans son kayak qui était toujours amarré au flanc du yacht. Elle s'éloigna à force de pagaie, pour éviter d'être prise dans le remous que provoqua le yacht en sombrant.

Tandis que les trois jeunes filles prenaient la direction de Framboisy en longeant la berge, Fantômette dirigea son esquif vers la propriété du professeur Potasse. Elle dissimula le kayak dans les roseaux, sauta sur la rive et courut vers le laboratoire. Elle stoppa net et se plaqua contre la cloison métallique : le colonel et ses deux acolytes sortaient du hangar en toute hâte. Fantômette leva les yeux. Filtrant à travers le vasistas, une lueur dansante se réfléchissait sous les feuilles et les branches du chêne. Une vague odeur de fumée filtrait à travers les joints du hangar.

« Auraient-ils mis le feu au laboratoire ? »

Elle escalada l'échelle, s'avança sur la fameuse branche qu'elle connaissait bien et bondit sur le toit du bâtiment. Un coup d'œil à travers le vasistas lui permit de voir un spectacle effrayant. Éclairé par les flammes d'un tas de bois, le professeur se démenait comme un beau diable pour se libérer de la fusée à laquelle il était attaché.

Fantômette se coula dans l'ouverture du châssis, se suspendit par les mains à une poutrelle, se laissa choir et atterrit juste devant le professeur stupéfait. Elle commençait à avoir l'habitude de cet exercice. Sans perdre une seconde, elle bondit vers l'étagère où se trouvait la pompe électrique à arroser les jardins, la plongea dans le baquet d'eau et la brancha à une prise de courant dont elle semblait déjà connaître l'existence. La pompe se mit à ronfler en projetant une colonne d'eau. Fantômette braqua le jet vers les flammes qui s'éteignirent en sifflant dans un nuage de vapeur. Puis elle débrancha la pompe et alluma un plafonnier qui éclairait le laboratoire.

Toutes ces opérations n'avaient pas demandé plus d'une minute. Fantômette prit alors un couteau sur l'établi et délivra le professeur qui la remercia, très ému.

— Mademoiselle, permettez-moi de vous exprimer mon... ma... reconnaissance...

L'aventurière balaya ces paroles d'un geste.

— Une autre fois, monsieur le professeur. Pour l'instant il faut sortir d'ici le plus vite possible.

Elle essaya d'ouvrir la porte, mais le cadenas la fermait de l'extérieur. Elle réfléchit une seconde.

— Auriez-vous une clef du cadenas ?

— Oui, certainement. Tenez, elle est accrochée à ce clou.

— Très bien.

Elle s'empara de la clef, puis s'assit sur le fauteuil éjectable et pressa le bouton de déclenchement. Sous le regard ébahi du professeur, l'explosion projeta le siège jusqu'au plafond. Fantômette s'agrippa à une poutrelle – comme la fois où elle avait échappé à Kafar – et disparut par le vasistas.

Le professeur Potasse ne parvenait pas à surmonter son étonnement.

« C'est fantastique ! Si je ne l'avais pas vu de mes yeux, je ne le croirais pas. Ainsi donc, cette Fantômette qui a déjà libéré ma nièce me sauve également la vie ! C'est un véritable ange gardien ! Mais ce qui m'étonne le plus, c'est qu'elle sache faire fonctionner mes inventions ! Elle n'a pas hésité une seconde pour manœuvrer la pompe ni pour utiliser le fauteuil... C'est étrange... »

Il en était là de ses réflexions quand une clef tourna dans le cadenas. Fantômette ouvrit la porte, un doigt sur la bouche, fit sortir le professeur et referma. Elle l'entraîna vers le pavillon en le faisant marcher sur les plates-bandes pour étouffer le bruit des pas. Elle chuchota :

— L'entrée à l'arrière du pavillon est-elle ouverte ?

— Oui.

— Alors, allez dans votre chambre et n'en bougez plus.

— Mais... ma nièce, qu'est-elle devenue ?

— Soyez tranquille, elle est en bonne santé.

— Et vous, qu'allez-vous faire ? Vous courez toutes sortes de dangers. Je pourrais peut-être vous aider ?

Fantômette sourit.

— Ne vous inquiétez pas pour moi non plus. Je sais très bien ce que je fais. Au revoir !

Elle fit un petit salut amical et disparut dans la nuit.

Pensif, le professeur rentra dans le pavillon.

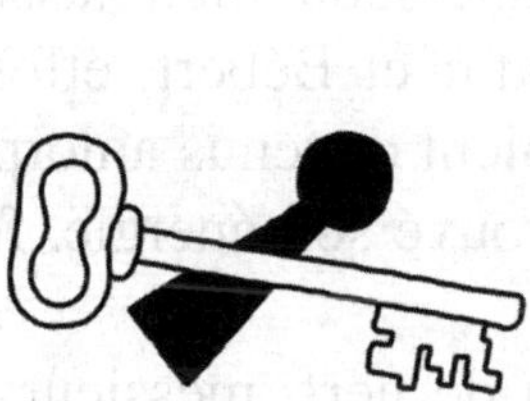

chapitre 10

À quoi sert un coffre d'auto

Phares allumés, la Mercedes roule dans les rues de Framboisy. Elle arrive dans un quartier de rues tortueuses et s'arrête dans l'une d'elles, qui est fort mal éclairée, devant l'hôtel du Chat-qui-louche. Le colonel Pork, Bébert et Kafar en descendent et pénètrent dans l'immeuble. Ils gravissent deux étages, entrent dans une chambre. Le colonel va droit à une armoire, en sort un verre, un flacon de cognac, une bouteille d'eau gazeuse et se prépare un cognac-soda bien tassé qu'il avale d'un trait. Kafar et Bébert, effondrés sur des chaises, semblent devenus amorphes. Le colonel, qui a retrouvé son énergie, frappe la table du poing.

— Un peu de nerf, messieurs ! Nous n'allons pas nous laisser abattre par un petit échec. Il faut réagir, que diable ! Ce n'est pas une gamine déguisée qui doit nous faire peur !

Il prend deux verres dans l'armoire, les remplit d'eau et les présente aux deux complices.

— Tenez, buvez ! Un grand verre d'eau vous fera du bien. Maintenant, écoutez-moi. Il vient de me venir une idée. Nous allons mettre sur pied une combinaison qui va nous permettre de réussir dans notre entreprise, malgré toutes les Fantômettes du monde. Tout d'abord...

Dehors, l'avertisseur de l'auto vient de fonctionner.

— Tiens ? Qui donc s'amuse à faire klaxonner notre voiture ? Bébert, descends voir.

Bébert sort. Le colonel reprend :

— Donc, mon cher Kafar, nous allons nous procurer une camionnette ou un fourgon. Puisque nous avons perdu le yacht, il nous faut un autre véhicule.

— Mais nous avons la Mercedes ?

— Oui, seulement elle est trop petite pour ce que je veux en faire. Demain matin – il regarde sa montre – ou plus exactement dans quelques heures, quand le jour sera levé, nous retournerons chez le professeur.

— Oh ! mais il doit être sur ses gardes !

— Sans doute, c'est pourquoi nous allons prendre nos précautions. Nous allons nous déguiser en reporters, avec chapeaux mous, grosses lunettes, fausses moustaches, bloc-notes et micro. Dès que nous serons entrés dans la propriété, nous sautons sur le professeur, nous le ficelons et nous l'enfermons dans la cave. Puis nous faisons rouler la fourgonnette, nous ouvrons la porte et nous embarquons quoi ?

— Heu... je ne vois pas...

— La fusée, mon cher Kafar, la fusée complète, ce qui est encore mieux que la tuyère seule.

Il se verse un nouveau verre de cognac et fronce le sourcil.

— Que fait donc Bébert ? Il devrait être là ! Descends donc voir ce qu'il trafique.

Kafar se lève et sort de la chambre. Le colonel Pork ouvre un coffret de cigares qui se trouve sur la table, en choisit un, ôte la bague de papier doré qu'il passe à son petit doigt. Puis il coupe l'extrémité du cigare d'un coup de dent et l'allume. En quelques instants, la pièce se remplit de fumée bleuâtre.

Il s'assoit, allonge ses jambes et met les mains dans ses poches.

Il réfléchit. Oui, son plan se présente bien. Le naïf professeur ne serait pas étonné de voir surgir des reporters après les événements qui venaient de se produire. Il ouvrirait en toute confiance. Ensuite, pas de problème. Embarquement de la fusée... Elle serait peut-être un peu lourde... Par prudence, on se procurerait une poulie et des cordes pour pouvoir la charger dans le camion. Après, il ne resterait plus qu'à longer l'Ondine jusqu'à l'embouchure. Et là, un petit cargo névralgien embarquerait l'engin. Après... Il n'y aurait plus qu'à envoyer un rapport chiffré à l'état-major et à attendre un chèque orné de multiples zéros. Allons, l'affaire ne se présentait pas trop mal...

Il avale un nouveau verre de cognac et se lève.

— Mais que font-ils donc ? Pourquoi ne remontent-ils pas ?

Il marche de long en large avec impatience, puis décide :

— Descendons ! Je veux voir moi-même ce qu'ils fabriquent !

Il dégringole l'escalier, sort de l'hôtel et s'approche de la voiture. Les phares illuminent la rue.

— Tiens, pourquoi ont-ils allumé les phares de l'auto ?

Il ouvre la portière, se penche pour éteindre et referme. Au même instant, il sent un objet froid lui toucher la nuque.

— Ne bougez pas, colonel. Croisez les mains sur votre tête.

Le colonel obéit en disant :

— Vous êtes Fantômette, n'est-ce pas ?

— On ne peut rien vous cacher ! dit une voix juvénile. Maintenant, reculez lentement. Et pas de bêtises. Si le revolver s'enrayait, je vous embrocherais d'un coup de poignard. Oui, je l'ai récupéré sur le pont du yacht, avant qu'il ne sombre.

Le colonel Pork obéit docilement. La voix reprend :

— Et maintenant, soulevez le couvercle du coffre à bagages.

Assez étonné, le colonel ouvre le coffre. Il étouffe une exclamation. Bébert et Kafar s'y trouvent déjà, à genoux et pliés en deux. Ils ne bougent pas.

— Vous les avez tués ! crie le colonel.

Fantômette se met à rire.

— Mais non, je leur ai juste caressé le crâne d'un coup de crosse. Allez, colonel, allez les rejoindre. Vous serez un peu tassés, mais rassurez-vous, le voyage ne sera pas trop long.

À contrecœur, le colonel enjambe le rebord arrière de l'auto et s'accroupit dans le coffre. Fantômette rabat le couvercle d'un coup sec. Puis elle se met au volant et démarre. Cinq minutes plus tard, la Mercedes s'arrête devant le commissariat de police.

À l'intérieur du commissariat, le brigadier Pivoine et l'agent Lilas font une petite belote pour tuer les longues heures de garde nocturne.

— Belote, rebelote et atout ! annonce le brigadier triomphalement.

— Diable, diable ! je n'ai pas de chance, ce soir ! dit Lilas.

— Ma foi, on dirait que tu as l'esprit ailleurs.

— C'est vrai. Je pense à cette fameuse Fantômette. Tu as lu l'article du journal ?

— Non.

— Jette un coup d'œil.

Le brigadier prend la feuille et lit :

— *La police sera-t-elle réduite au chômage ?* Oh ! oh ! nous n'en sommes pas encore là !

— Attends, lis la suite.

— Voyons... *Depuis quelque temps, l'étrange justicière qui se fait appeler Fantômette semble multiplier ses exploits. Après l'arrestation du cambrioleur qui fut enfermé dans une cabine téléphonique et celle de l'escroc Godillot, après l'arrestation des gangsters qui attaquèrent la banque de Framboisy, et la capture de l'assassin des vieilles dames, Fantômette va-t-elle poursuivre ses prouesses ? Nous avons interviewé le préfet de Police qui nous a déclaré...*

Bang !... Bang !... Bang !...

Les deux policiers sursautent.

— Qu'est-ce que c'est que ça, brigadier ?

— Ma foi, Lilas, on dirait des coups de feu, indubitablement !

— Brigadier, vous avez raison ! Et ces coups de feu troublent l'ordre, positivement.

— Subséquemment, allons le rétablir !

Les deux policiers sortent. Devant le commissariat stationne une longue voiture apparemment vide. À la poignée d'une porte est accroché un écriteau que le brigadier lit avec une exclamation de surprise. Il le désigne à son collègue.

— Lisez ça, Lilas, et dites-moi si nous n'allons pas avoir de l'avancement.

— Oh ! oh ! Une fois de plus, brigadier, vous avez raison !

Ils se postent à l'arrière de la voiture, pistolet au poing. Le brigadier ouvre le couvercle du coffre et ordonne d'une voix forte :

— Au nom de la Loi, sortez de cette boîte !

Le colonel et ses complices se redressent, l'air complètement ahuri, et descendent. Sitôt remis debout, le colonel demande sèchement :

— Que signifie cela ? Vous prétendez nous arrêter ? De quel droit ? Vous ne manquez pas de toupet !

— Ah ! rugit le brigadier, je ne manque pas de toupet ? Et ce carton, il en manque peut-être, de toupet ?

Il lui fourre la pancarte sous le nez. Le colonel lit l'inscription :

AVIS À MM. LES AGENTS

Vous trouverez dans le coffre de cette voiture trois dangereux espions coupables de divers méfaits tels que cambriolage, incendie volontaire, séquestration, tentative de meurtre, etc.

À tenir soigneusement au frais.

Signé : FANTÔMETTE.

chapitre 11

Qui est Fantômette ?

— Mademoiselle Boulotte, vous me conjuguerez à tous les modes et temps « Ne pas apporter de souris pendant le cours d'histoire », et « Ne pas copier de recettes de cuisine sur mon cahier de textes ». Taisez-vous, mademoiselle Potasse, sinon je vous ferai copier le verbe « Ne pas bavarder à tort et à travers », ainsi qu'à vous, mademoiselle Ficelle !

La classe est houleuse. L'agitation a commencé dès l'arrivée des trois héroïnes qui se sont empressées de conter leurs exploits et d'exhiber les journaux où s'étalent de gros titres : *FANTÔMETTE CAPTURE UNE BANDE D'ESPIONS INTERNATIONAUX*, *FANTÔMETTE FAIT ÉCHOUER UN ATTEN-*

TAT CONTRE LE PROFESSEUR POTASSE, FANTÔMETTE S'ÉCHAPPE D'UN YACHT EN PERDITION EN COMPAGNIE DE TROIS ÉCOLIÈRES.

— C'est nous les écolières ! s'écrie Isabelle avec orgueil.

La pluie des punitions peut enfin ramener un certain calme, et la classe se poursuit par une dictée bourrée de pièges orthographiques, qui met un point final à l'agitation. La dictée terminée et corrigée, Mlle Bigoudi consulte son carnet.

— Mademoiselle Ficelle, voulez-vous venir au tableau...

La grande fille monte sur l'estrade d'un pied ferme. Elle a – une fois n'est pas coutume – convenablement appris la leçon de géométrie et parfaitement retenu les règles de similitude des triangles. Elle attend la première question avec le sourire.

— Mademoiselle Ficelle, quelles sont les cinq parties du monde ?

Le sourire de Ficelle se fige. Une expression d'intense surprise lui fait ouvrir la bouche, d'où ne sort aucun son. Comment, le sujet de la leçon n'est donc pas de la géométrie ?

— Je vous écoute ! dit Mlle Bigoudi.

La grande fille avale sa salive avec peine. Elle fait un prodigieux effort mental, essayant de rassembler quelques morceaux du monde, et finalement elle bafouille :

— Les... quatre parties du monde sont... heu... trois : l'Europe et l'Asie...

Puis elle se tait et attend l'orage avec résignation. L'orage ne tarde pas, en effet.

— Vous moquez-vous de moi, mademoiselle ? Je constate qu'une fois encore vous avez négligé d'apprendre votre leçon. Vous me la copierez trois fois, puisque c'est le seul moyen de faire entrer les cours dans votre tête ! Mais au fait...

Elle consulte de nouveau son carnet.

— Hier, je vous ai donné des verbes à copier. Ce travail est-il fait ?

— Heu... oui, mademoiselle.

— Voyons.

La grande Ficelle entreprend de fouiller dans son cartable. Après de laborieuses recherches, elle met la main sur les précieuses feuilles de punition, rédigées selon le « style express » :

« Je n'entre pas en classe en dehors des cours.

Tu n'entres pas...

Il n'entre pas...

Nous n'entrons pas... »

Brandissant les feuilles comme Jupiter la foudre, l'institutrice exprime son indignation en des termes qui font souhaiter à Ficelle de se trouver à cent pieds sous terre.

— Combien de temps ces petites plaisanteries vont-elles encore durer ? Me croyez-vous assez naïve pour tolérer vos méthodes personnelles de travail ? Je vous engage vivement à modifier vos manières, sans quoi c'est la mise à la porte qui vous attend ! Vous allez recommencer ces verbes, sans omettre un seul mot. De plus, vous me copierez à tous les temps et tous les modes le verbe « S'appliquer à écrire en entier le texte des punitions que la maîtresse me donne à faire ». Retournez à votre place !

La grande Ficelle s'effondre sur son banc en grognant entre ses dents :

— Au lieu de courir après les bandits, Fantômette ferait bien mieux de nous débarrasser de Mlle Bigoudi !

*

* *

Françoise, Boulotte, Ficelle et Isabelle sont réunies sous la tonnelle. Marie vient d'apporter une succulente crème au chocolat confectionnée grâce au « Pressomoulivapomixer », qu'elle sait maintenant faire fonctionner. À la vue du compotier, Boulotte passe une langue gourmande sur ses lèvres et explique :

— Pour faire une crème au chocolat, on prend 125 grammes de chocolat, un demi-verre de lait, du sucre en poudre...

Mais Isabelle interrompt la recette.

— Vous ai-je fait voir le portrait de Fantômette ?

— Oui, dit Françoise, il est dans ton album. Tu lui as fait des grandes ailes de chauve-souris.

— Attends ! Ça, c'était un dessin d'imagination. Maintenant que j'ai vu Fantômette, j'en ai fait un portrait ressemblant. Je vais le chercher.

Elle s'éclipse en courant. Boulotte en profite pour terminer l'énoncé de la recette, tout en bourrant Mimosa de gâteaux secs. Isabelle réapparaît, un rouleau de papier sous le bras. Elle a mis un masque noir sur sa figure.

— Hein, regardez si je ne ressemble pas à Fantômette !

En même temps, elle déroule le papier sur lequel elle a dessiné le portrait de la justicière.

— Pas du tout ! dit Ficelle, tu ressembles à Fantômette comme moi à un raton laveur.

Vexée, l'autre tape du pied.

— Enfin, le portrait, il est ressemblant, au moins ?

Ficelle et Boulotte doivent admettre que le portrait est assez réussi.

— Oui, dit Ficelle, pour un croquis fait de mémoire, ce n'est pas mal.

Elle réfléchit une seconde.

— Tiens, dit-elle, c'est bizarre... Ça ressemble à Françoise...

— Ah ?

Isabelle regarde le portrait, puis Françoise.

— Oui, peut-être bien... Tiens, Françoise, mets le masque.

La jeune fille met en riant le loup noir sur son visage. C'est une exclamation générale.

— C'est tout à fait elle !

— Oui, dit Boulotte, il ne lui manque que la cape noire et l'agrafe en forme de F.

Isabelle se gratte le bout du nez en réfléchissant. Elle considère Françoise pendant un bon moment, puis elle dit :

— Évidemment, Françoise ressemble beaucoup à Fantômette. Même taille, même forme de visage, mêmes cheveux. La voix aussi est la même. On s'y tromperait. Et je trouve assez amusant d'imaginer que Françoise Dupont pourrait être une bonne petite écolière le jour, et que la nuit elle pourchasserait de dangereux bandits. Seulement, voilà, ça ne peut pas être comme ça ! Non, c'est impossible !

— Ah ! dit Françoise en souriant, pourquoi donc est-ce impossible ?

— Pourquoi ? Eh bien, ma petite, je vais te le dire. Tu ne peux pas être Fantômette, pour la bonne raison que Fantômette est une fille dix fois plus intelligente que toi !

Table

Composition ***Jouve*** – 62300 Lens

Imprimé en France par Qualibris *(J-L)*
N° dépôt légal : 87020 - avril 2007
20.20.1142.7/03 – 978-2-01-201142-7

*Loi n° 49-956 du 16 juillet 1949
sur les publications destinées à la jeunesse*